Sonja Kaiblinger

Scary Harry
Hals- und Knochenbruch

Elias Jesse

Alle Bände von **Scary Harry**:

Band 1: Von allen guten Geistern verlassen
Band 2: Totgesagte leben länger
Band 3: Meister aller Geister
Band 4: Ab durch die Tonne
Band 5: Hier scheiden sich die Geister
Band 6: Hals- und Knochenbruch

Sonja Kaiblinger

SCARY HARRY

Hals- und Knochenbruch

Mit Illustrationen von Fréderic Bertrand

Band 6

Loewe

FSC
www.fsc.org
MIX
Papier aus verantwortungsvollen Quellen
FSC® C014496

ISBN 978-3-7855-8266-4
1. Auflage 2017

Illustrationen: Fréderic Bertrand
Umschlaggestaltung: Ramona Karl
Redaktion: Mareike Schlensog
Printed in Germany

www.scaryharry.de
www.loewe-verlag.de

Inhalt

Tot oder lebendig!

Dieses Jahr war das erste Jahr, in dem Otto keinen Adventskalender besaß. Normalerweise machte es ihm einen Riesenspaß, sich pünktlich zum ersten Dezember mindestens fünf Stück davon zuzulegen und jeden Tag nach dem Aufstehen ein Türchen zu öffnen – das heißt, wenn Kühlschrankgeist Bert den Inhalt nicht zuvor schon gefressen hatte. Doch dieses Jahr hatte Otto seine Tradition schlichtweg vergessen. Und nicht nur das – auch an Weihnachten selbst verschwendete er den ganzen Dezember lang kaum einen Gedanken. Der Grund dafür war, dass im Radieschenweg so viel passierte, dass für den Weihnachtsmann gar keine Zeit blieb.

Da waren einerseits die nervigen Prüfungen in der Schule, die vor Weihnachten noch geschrieben werden mussten. Dann war da Onkel Archibald, mit dem sich

Otto beinahe täglich nach der Schule in der Kammer unter seinem Zimmer traf, um Pläne für die Rettung seiner Eltern zu schmieden. Und dann war da natürlich noch Harold. Seit der Sensenmann wieder zum SBI zurückgekehrt war und einen neuen Dienstwagen bekommen hatte, war sein Arbeitseifer kaum zu bremsen. Abend für Abend besuchte er Otto im Diesseits, um mit seiner schicken Karre Seelen einzusammeln. Und wenn Harolds persönlicher Geisterfahrer James freihatte, durfte Otto ihn sogar hin und wieder begleiten. So auch heute.

»Moment mal, Harold«, murmelte Otto und prüfte das Display von Harolds Seelen-Messenger. Dank dieses Geräts erfuhr Harold es stets pünktlich, wenn wieder irgendwo eine Seele einzusammeln war. »Wir fahren zu Mrs Sandringham? Zu dieser alten, schwerreichen Lady, die seit Jahren alleine in dem großen Haus auf dem Hügel lebt?«

»Das ist kein Haus, sondern ein richtiges Schloss, Otto«, korrigierte ihn Vincent und reckte den haarigen Kopf aus Ottos Jackentasche. Natürlich war Ottos Hausfledermaus wieder mit von der Partie, auch wenn Otto ihn eigentlich gebeten hatte, zu Hause dafür zu sorgen, dass Tante Sharon nichts von dem nächtlichen Ausflug mitbekam. »Oh, ich freu mich schon auf den Besuch dort! Bei Mrs Sandringham im Schloss gibt's immer richtig exotisches Essen. Mir knurrt gleich der Magen, wenn ich nur daran denke.«

Otto hielt inne. »Vincent! Sag nicht, dass du dich am Essen von fremden Leuten zu schaffen machst.«

»Mrs Sandringhams letztes Stündchen hat geschlagen, sie kann es doch sowieso nicht mehr essen.«

Otto legte die Stirn in Falten. Vincent hatte wirklich keine Skrupel. »Trotzdem. Den Kühlschrank fremder Leute lässt man in Ruhe, verstanden?«

»Du redest vom Kühlschrank? Igitt. Ist ja alles ekelig, was da drinnen lagert. Ich spreche vom Dachboden. Der ist die reinste Fressmeile. Der weite Weg lohnt sich jedes Mal. Dort oben gibt's Würmer, Fliegen und Spinnen der seltensten Gattungen! Besser als jeder Gourmettempel in London.«

Otto seufzte und sah rüber zu Harold, der gerade eine kurvenreiche, enge Straße entlangfuhr. In der Ferne thronte hoch oben auf einer Klippe ein schmales, dunkles Herrenhaus aus Stein mit vielen Erkern und Türmchen. »Wie lange ist denn die arme Mrs Sandringham schon tot?«

Harold warf einen schnellen Blick auf seinen Seelen-Messenger. »Seit vierzig Minuten ungefähr. Ihre Seele schwirrt jetzt irgendwo durch das alte Gemäuer und wartet darauf, eingefangen zu werden. Ich bin nur froh, dass sie 99 Jahre alt geworden ist.«

»Ja. Sie hatte echt ein langes Leben«, stimmte Otto zu.

Harold schüttelte den knochigen Kopf. »Das meine ich nicht. Stell dir nur mal vor, sie hätte schon mit 98 Jahren das Zeitliche gesegnet. Wie hätte ich mit meiner alten Schrottkarre von früher denn jemals diesen Hügel bezwingen sollen? Aber mit dem Allradantrieb vom Rolls Reaper ist das heute überhaupt kein Problem.« Er kicherte. »Hörst du den Motor, Otto? Schnurrt wie ein Kätzchen.«

Otto wunderte sich über seinen Kumpel. Harold war schon ein merkwürdiger Typ. Seit der Knochenmann herausgefunden hatte, dass er unrechtmäßig zu 999 Jahren Dienst beim SBI, dem Seelen-Beförderungs-Institut, verurteilt und anschließend offiziell vom Dienst freigesprochen wurde, war er motivierter denn je. Nun, da Harold niemand mehr befahl, Seelen einzusammeln, und er seinen Dienst freiwillig verrichtete, hatte sich offenbar etwas an seiner Einstellung verändert.

Entweder das oder Harold fuhr einfach nur gern mit seinem neuen Wagen spazieren. Der schicke, glänzende Rolls Reaper war nämlich ein Geschenk des SBI, weil Harold sich entschlossen hatte, weiterhin für ihn tätig zu sein.

»Da wären wir«, verkündete Harold und parkte seinen Wagen neben einem eindrucksvollen steinernen Brunnen. »Habt ihr die Seele schon irgendwo entdeckt? Viel-

leicht war Mrs Sandringham ja eine begeisterte Gärtnerin und ihre Seele schwirrt durch den hübsch angelegten Garten hier.«

»Ich hoffe, die Seele wartet drinnen auf uns. Es fängt gerade an zu regnen.« Vincent bibberte vor Kälte. »Lasst uns reingehen. Wobei, Moment mal, Sensenmann, solltest du dich nicht vorher noch unsichtbar machen? Was ist, wenn dich jemand entdeckt?«

»Wozu denn, Klugscheißer?«, motzte Harold und warf schwungvoll die Fahrertür zu. Über seine Funkfernbedienung verriegelte er den Wagen. »Mrs Sandringham hat doch alleine gewohnt. Wer sollte uns denn sehen?«

»Auch wieder wahr!«, lachte Vincent und flatterte über Ottos Kopf im Kreis. »Na gut, ihr Seelenfänger seid ja schon so geübt, ihr bekommt das sicher auch ohne mich hin. Ich fresse mich lieber mal durch die Artenvielfalt der Krabbeltiere, verstanden? Ruft, wenn ihr mich braucht.«

»Und weg ist er«, bemerkte Harold und blickte der Fledermaus nach, die Richtung Dachgiebel davonschwirrte. Dann stieß er die wuchtige Tür zu Mrs Sandringhams Villa auf. Das Haus war tatsächlich ein Schloss. Von der Mitte der Eingangshalle reichte eine wuchtige Marmortreppe hinauf bis ins Obergeschoss und an den Wänden hingen prachtvolle Gemälde, die im Kerzenlicht leuchteten.

»Otto, du hättest dich zu ihren Lebzeiten echt mit der alten Lady anfreunden sollen. Vielleicht hättest du was geerbt«, stellte Harold fest.

»Pff«, machte Otto. »Ich bin doch kein Erbschleicher.«

»Oh, guck mal, da ist die Seele ja!«, rief Harold und deutete ins Esszimmer, das links neben der prunkvollen Eingangshalle lag. Harold hatte recht – denn über einem großen, reichlich gedeckten Mahagonitisch glühte ein roter Feuerball im Halbdunkel. Es schien fast so, als wollte Mrs Sandringhams Seele zum Abschied noch eine Dinnerparty feiern.

»Halt mal das Gurkenglas«, bat Harold und zückte sein Schmetterlingsnetz. Etwas ungeschickt kletterte er auf einen der gepolsterten Stühle und holte aus.

»Pass lieber auf, Harold. Du brichst dir gleich alle Knochen«, warnte Otto.

»Hab ich dich, Seele … oh … hoppla!«, rief Harold und beugte sich nach vorne, um die Seele mit dem Netz zu erwischen. In dem Moment machte der Feuerball einen hastigen Satz zur Seite, Harold verlor das Gleichgewicht und plumpste mit dem Schädel in eine große Schüssel Kartoffelbrei. Der Inhalt der Schüssel spritzte an die Wände und kleckerte die Tapete voll.

»Ups. Ich hab dich gewarnt, Harold«, kicherte Otto.

»Die Sache ist noch nicht gegessen!« Harold knurrte, kletterte auf den Tisch und schwenkte, einen Turnschuh im Kartoffelbrei, unheilvoll sein Netz. »Für Ihre 99 Jahre haben Sie aber erstaunlich viel Energie übrig, Mrs Sandringham.«

Mit großen Schritten lief er über die Länge der Tischplatte der Seele hinterher, wich Gläsern und Obstschalen aus und setzte am Tischende zu einem ninjamäßigen Sprung an, während er erneut mit dem Netz ausholte. So gelang es ihm, die Seele ins Schmetterlingsnetz zu befördern.

»Hiiijaaaa!«, schrie der Sensenmann aus Leibeskräften, bevor er auf dem Boden aufschlug. »Autsch!«

Otto eilte an Harolds Seite. Seine knochigen Beine lagen komplett verdreht am Boden. »Geht es dir gut? Das hat so geklungen, als hättest du dir mehrfache Knochenbrüche zugezogen. Oder mindestens ein paar fiese Prellungen.«

»Uah. Mir schwirrt der Kopf … Aber die Mühe hat sich gelohnt, wenigstens habe ich jetzt endlich Mrs Sandringhams –« Harold griff sich an den Schädel, dann warf er einen Blick in sein Schmetterlingsnetz. »Ach du liebe Zeit.«

Das Schmetterlingsnetz war leer! Die Seele musste sich daraus befreit haben.

»Wo ist sie hin?«, rief Otto.

»Da!« Harold deutete zurück ins Treppenhaus. »Sie schwebt die Treppe empor! Komm, Otto, die holen wir uns!«

Wie es aussah, schienen Harolds Knochen trotz des gefährlichen Sturzes heil geblieben zu sein. Denn wie von Zauberhand hatte er sich aufgerappelt, nach dem leeren Netz gegriffen und jagte jetzt Mrs Sandringhams Seele über die Treppe hinterher. Im Zickzack schoss der Feuerball durch die Bibliothek, weiter ins Kaminzimmer, von dort weiter ins Ankleidezimmer, bis die Seele in einem langen, dunklen Korridor schließlich an Tempo verlor.

Bei der Abzweigung zum Korridor hielt Harold plötzlich an.

Otto runzelte die Stirn. »Was ist? Wir haben sie beinahe. Schnell, lauf ihr hinterher.«

»Schscht.« Harold hielt einen knochigen Finger vor seinen Mund. »Hast du nicht bemerkt, dass wir nicht mehr alleine sind, Otto?«

Vorsichtig spähte Otto um die Ecke. Harold hatte recht. In der Mitte des langen Gangs entdeckte er einen Schatten mit menschlichen Umrissen. Obwohl, da steckte jemand unter einem Kapuzenumhang.

»Wer zur Hölle ist das? Könnte das ein anderer Sensenmann sein?«, wollte Otto wissen.

»Guck dir den Umhang doch mal genauer an. Es fällt im schummrigen Licht nicht so auf, aber der ist über und über mit bunten Blumen, Palmen und Pelikanen bedruckt. Das ist nie und nimmer die Dienstkleidung eines Sensenmanns.«

»Vielleicht ist es ja eine Sensenfrau«, wisperte Otto zurück.

»Selbst die haben einen viel besseren Klamottengeschmack.« Harold hielt inne. »Sieh nur, die Seele fliegt direkt auf die Gestalt zu.«

Das war ja komisch. Und konnte wohl nur ein weiteres Zeichen dafür sein, dass es sich bei dem mysteriösen Gast in Mrs Sandringhams Palast nicht um einen Sensen-

mann handelte. Sonst müsste die Seele doch wie vor Harold fliehen. Oder nicht?

»Sieh nur, Harold. Der packt die Seele in eine kleine Schatulle«, stellte Otto fest. »Und jetzt verschwindet er damit in den Raum, aus dem Licht dringt. Was in aller Welt hat der Kerl nur vor?«

»Ihm nach!«, rief Harold.

So leise wie nur möglich tapsten Otto und Harold über den dunklen Korridor bis zu der Tür, durch die die merkwürdige Gestalt im gemusterten Umhang gegangen war. Vorsichtig spähte Otto in den Raum hinein.

»Was siehst du?«, wollte Harold wissen.

Otto schluckte. »Ach, du dickes Ei … das ist Mrs Sandringhams Schlafzimmer. Da liegt sie, die alte Lady. Sie ist leichenblass. Und der Kerl im Umhang beugt sich gerade über sie. Oh Mann, Harold, das ist total gruselig. Lass uns abhauen.«

Harold schüttelte vehement den Schädel. »Abhauen? Ich denk nicht mal daran! Sag mir lieber, was der komische Mann als Nächstes anstellt.«

»Oh, das ist gar kein Kerl«, korrigierte Otto sich jetzt. Unter dem Umhang blitzten lange schwarze Haarsträhnen hervor. »Sondern eine Frau.«

»Eine Frau?« Harold überlegte für einen Moment. »Na fein, dann sag mir, was die komische *Frau* anstellt!«

»Sie öffnet die Schatulle mit Mrs Sandringhams Seele

darin«, wisperte Otto zurück. »Sie nimmt sie in beide Hände und –«

»Entwischt die Seele ihr gar nicht?«, fiel ihm Harold ins Wort. »Wie zum Geier stellt sie das denn an? Vorher war die Seele total bockig und in den Händen der komischen Tante ist sie plötzlich zahm? Das ergibt doch gar keinen Sinn!«

»Und jetzt … oh Mann, wie krass! Sie steckt sie zurück in Mrs Sandringhams Körper.«

»Was???«, schrie Harold viel zu laut.

»Schscht, Harold«, machte Otto.

Aber da war es schon zu spät. Die Frau im Umhang musste Harold gehört haben und warf einen unsicheren Blick zurück zum Türrahmen, hinter dem sich Otto und Harold befanden. Dann ging sie ans andere Ende des Raumes und öffnete wie aus dem Nichts ein Stück tapezierte Wand.

»Sie flüchtet«, teilte Otto Harold mit. »Durch eine Art Geheimtür. Was sollen wir jetzt tun? Sollen wir ihr nach?«

»Und damit die Seele in diesem Raum zurücklassen? Otto, ich hab nicht vor, meine neue Spitzenposition beim Seelen-Beförderungs-Institut gleich wieder aufzugeben, weil ich es verbockt habe, die Seele einer 99-jährigen Lady einzufangen. Zuerst holen wir uns die Seele, dann suchen wir die mysteriöse Gestalt. Los jetzt.«

Mit zittrigen Beinen schlich Otto ins schwach beleuchtete Schlafzimmer der alten Mrs Sandringham. Schon einmal war er dabei gewesen, als sich eine Seele aus dem Körper eines Verstorbenen gelöst hatte. Das war allerdings schon über ein Jahr her. Otto hatte eigentlich gehofft, dass es ihn beim zweiten Mal nicht mehr so gruseln würde – immerhin war er jetzt schon älter. Und trotzdem schlug ihm das Herz bis zum Hals.

Harold beugte sich vorsichtig über Mrs Sandringhams Körper. Auf ihrem blassen Gesicht lag ein zufriedenes Lächeln.

»Wo ist die Seele hin? Sie hat sie doch direkt neben dem Bett aus der Schatulle geholt, oder? Guck mal unter dem Bett nach, Otto«, bat Harold.

Otto prüfte die staubige Unterseite des Betts. »Da ist nichts. Außerdem hat es den Anschein erweckt, als hätte die Frau die Seele in Mrs Sandringhams Körper zurückgesteckt.«

»Zurückgesteckt?« Harold verdrehte die Augen. »Das kann doch gar nicht sein. Tot ist tot. Tote kann man nicht so einfach … uuuuaaaaah!«

Bei Harolds Schrei gefror Otto das Blut in den Adern. Und einen Augenblick später wurde ihm klar, warum Harold sich so erschrocken hatte. Mrs Sandringham hatte plötzlich die Augen aufgeschlagen und saß nun aufrecht im Bett. Ihre Brust unter dem weißen Nachthemd hob und senkte sich, als wäre sie aus einem aufwühlenden Albtraum erwacht.

»Sie sind … der Sensenmann!«, hauchte Mrs Sandringham tonlos und starrte in Harolds knochiges Gesicht.

»Besser bekannt als Scary Harry. Und Sie sind … Sie sind …«, stotterte Harold.

»Wieder am Leben!« Die alte Lady hob mit einem Mal wütend die Hand, als wollte sie ihn ohrfeigen. »Und jetzt verschwindet, ihr beiden! Raus, raus aus meinem Haus! Ich bin noch längst nicht tot, verstanden?«

Das ließ sich Otto nicht zweimal sagen. So schnell er konnte, machte er kehrt und flüchtete aus Mrs Sandringhams Schlafzimmer. Harold war ihm dicht auf den Fersen.

»Nichts wie weg aus dem Haus der alten Hexe«, keuchte Otto. »Die Suche nach dieser Umhang-Frau müssen wir uns wohl sparen.«

»Sieht ganz so aus!«, schnaufte Harold und nahm zwei Stufen auf einmal. »Eins ist außerdem klar: In der Zukunft arbeite ich nur noch im Unsichtbar-Modus.«

Traumberuf: Geisterforscher

»Igittigitt. Sieh dir die beiden Turtelschweinchen nur mal an«, maulte Vincent und rollte mit den Augen. »Ich glaube, mir kommt die seltene australische Wanderspinne wieder hoch, die ich gestern Abend im Schloss verdrückt habe. Würg.«

»Schscht, Vincent«, ermahnte ihn Otto. »Womöglich hört Emily dich noch. Außerdem heißt es Turtel*tauben.*«

Ja, zugegeben, Vincent hatte nicht unrecht. Es war schon ziemlich gewöhnungsbedürftig zu sehen, wie Emily und Albert Händchen haltend und sich gegenseitig anhimmelnd durch den Speisesaal der Siegmund-Schwefelkopf-Schule spazierten. Aber Otto hatte sich nun mal fest vorgenommen, sich darüber zu freuen, dass seine beste Freundin verliebt war. Auch wenn sie sich

ausgerechnet einen kolossalen Klugscheißer und Besserwisser wie Albert ausgesucht hatte.

»Mahlzeit, Otto«, sagte Emily und setzte sich auf den freien Stuhl neben ihm. »Wo warst du denn den ganzen Vormittag über? Wir hatten zwar keine Stunde zusammen, aber ich hab dich noch nicht mal auf dem Schulflur entdeckt.«

Otto hatte sich absichtlich rargemacht. Aber nicht, um Emily aus dem Weg zu gehen, sondern um ein nerviges Biologiereferat zum Thema Zellteilung vorzubereiten, mit dem er leider nicht weiterkam. Und um am Schulcomputer heimlich nach den Begriffen »Seele«, »Wiederbelebung« und »Kapuzenumhang« zu suchen. Leider war die Internetrecherche nicht sehr ergiebig gewesen. Er war auf einer Vielzahl von merkwürdigen Webseiten gelandet. Und auf einem Halloween-Onlineshop mit Kapuzenumhängen im Angebot.

»Ich … ähm … war ziemlich beschäftigt«, redete sich Otto heraus und schlürfte seine Himbeerlimonade. »Übrigens gibt es Neuigkeiten von … na, du weißt schon, von wem.« Otto warf einen kurzen Seitenblick auf Albert, vor dem er lieber nicht offen reden wollte. »Von unserem Freund mit den verschiedenfarbigen Turnschuhen.«

»Verschiedenfarbige Turnschuhe?«, mischte sich Albert ein. »Was habt ihr denn für seltsame Freunde?«

»Du würdest dich wundern.« Otto lächelte schief, dann wandte er sich wieder Emily zu. »Wenn du heute Nachmittag Zeit hast, erzähle ich dir gerne bis ins kleinste Detail, was ich gestern Abend erlebt –«

»Soll ich dir vielleicht was von der Ausgabe mitbringen, Emily?«, unterbrach Albert Otto mitten im Satz. Offenbar konnte der Typ es nicht ertragen, dass einmal ein Gespräch ohne ihn stattfand.

Emily schien das gar nicht aufzustoßen. »Au ja! Einen Karamellkuchen mit Sahne, bitte.«

Albert verzog angewidert das Gesicht. »Karamellkuchen? Der hat sicher über 500 Kalorien und reichlich wenig Nährwert. Außerdem schädigt so viel Zucker den Zahnschmelz und verursacht Karies. Willst du nicht stattdessen einen Apfelteller essen, Mausepfötchen?«

Emilys Lächeln verschwand für einen Moment. »Äh, nein, Bärchen. Ich hätte wirklich gerne einen Karamellkuchen. Mit Sahne. Und ja, ich weiß, dass Zucker ungesund ist.«

Albert kostete das fröhliche »Wird gemacht« einiges an Überwindung, aber er verschwand in der Schlange vor der Essensausgabe.

»Erst die Sache mit dem Karamellkuchen und dann auch noch Mausepfötchen?«, wollte Otto wissen. Jetzt konnte er sich nicht mehr zurückhalten. »Ist das etwa sein Ernst?«

Emily wurde plötzlich rot wie eine Tomate. »Ja, du hast schon recht. Die Spitznamen, die wir uns geben, sind ein bisschen schnulzig. Aber dass er sich um meine Ernährung sorgt, ist schon in Ordnung, denke ich.«

»Also, wenn ich du wäre, Emily, würde ich Albert ins Ohr beißen, und zwar so fest, dass er sich einen Ohrring durchstecken kann«, meldete sich Vincent zu Wort. »Ich würde durchdrehen, wenn ich statt Maden nur noch Rosenkohl fressen dürfte. Pah.«

»Sei still, Vincent. Wir sind hier in der Öffentlichkeit«, wisperte Otto. In der Cafeteria war es zwar richtig laut, aber man konnte sich trotzdem nie ganz sicher sein, ob die sprechende Fledermaus nicht doch Aufsehen erregte.

»Jetzt, wo Albert weg ist, kannst du mir ja gleich erzählen, was du vorhin gemeint hast. Betreffen die Neuigkeiten etwa Operation Pestbeule?«, fragte Emily nun und beugte sich näher. Operation Pestbeule war eine groß angelegte Verschwörung beim Seelen-Beförderungs-Institut, in die angeblich sogar der Oberboss des SBI involviert war. Weil Ottos Eltern zu viel darüber wussten, wurden sie vor Jahren vom SBI ins Jenseits-Gefängnis Qualcatraz gesperrt, das sich in einer Zwischenwelt befand. »Hast du etwas von deinen Eltern gehört?«

Otto schluckte und schüttelte den Kopf. Das Thema bereitete ihm schon die längste Zeit Kopfzerbrechen. »Leider nicht viel, Em. Onkel Archibald und ich haben noch einige Male versucht, mithilfe der Schneekugel Kontakt mit Mum und Dad herzustellen. Aber wir haben es nicht geschafft. Sie haben bisher auch nicht angerufen.«

Emily tätschelte Ottos Schulter. »Mach dir keine Sorgen. Ich bin sicher, Onkel Archibald hat noch einen ausgeklügelten Masterplan in der Hinterhand. Oder wer weiß, vielleicht tüftelt auch Scary Harry selbst an einer Rettungsaktion für die beiden.«

Otto brummte. »Ich fürchte, der hat zurzeit ganz andere Sorgen.«

»Was denn für Sorgen? Aber sollte der nicht auf Wolke sieben schweben? Er geht regelmäßig mit Gundula aus, die doch die Sensenfrau seiner Träume ist. Und neuerdings hat er es nicht nur zu Ruhm und Ehre beim SBI gebracht, sondern sogar einen eigenen Geisterfahrer bekommen. Welchen Grund hat er zur Sorge?«

»Weißt du, Em, gestern ist etwas ganz Seltsames passiert«, begann Otto leise. In Abwesenheit von Albert gab es keinen Grund mehr, Emily unnötig auf die Folter zu spannen. »Ich war mit Harold in seinem neuen Auto zum Seelenfangen unterwegs. Zu Mrs Sandringham, du weißt schon, der alten Lady, die auf der Klippe lebt.«

Emily riss die Augen auf. »Oh. Sag nicht, dass sie tot ist.«

»Das *war* sie.«

»*War?*« Emily runzelte die Stirn. »Ich verstehe nicht ganz.«

Otto sah sich um, bevor er weitersprach. Die Luft war rein. Die anderen Schüler der Siegmund-Schwefelkopf-Schule verputzten entweder gerade ihr Mittagessen oder schrieben noch schnell Hausaufgaben für den Nachmittagsunterricht ab. Niemand schien sie zu belauschen. »Harold und ich hatten es beinahe geschafft, Mrs Sandringhams Seele einzufangen. Aber dann geschah etwas richtig Merkwürdiges. Da war noch jemand in ihrer Villa.«

»Etwa ihr Ehemann? Wobei, der ist doch schon seit ein paar Jahren tot. Vielleicht ein Butler? Oder ein anderer Bediensteter?«

»Weder noch. Es war eine fremde Frau in einem quietschbunten Umhang. Und jetzt kommt's, Emily. Die Frau hat Mrs Sandringhams Seele zu fassen bekommen und sie kurzerhand wieder zurück –«

»Karamellkuchen mit Sahne für mein Mausepfötchen«, unterbrach sie Alberts Stimme.

Erschrocken fuhren die beiden auseinander.

»Danke, Albert«, murmelte Emily und zwang sich zu einem Lächeln.

»Huch! Du siehst ja ganz blass aus, Emily«, bemerkte Albert. »Fast so, als hättest du einen Geist gesehen. Ist alles in Ordnung?«

»Äh, ja. Alles bestens«, bestätigte Emily und nahm sich eine Gabel voll vom Karamellkuchen.

»Apropos Geister.« Ungefragt zog sich Albert einen Stuhl heran und schob ihn zwischen Otto und Emily. »Ich glaube, ich habe endlich herausgefunden, auf welche Disziplin der Wissenschaft ich mich zukünftig stürzen möchte. Und zwar auf paranormale Forschungen, besser bekannt als Geisterforschung. Ist das nicht aufregend?«

Emily verschluckte sich beinahe an ihrem Karamellkuchen. »Warte mal. Du willst Geisterforscher werden? Ist das dein Ernst, Albert?«

»Warum nicht?« Albert grinste aufgeregt. »Geheimnisvolle Wesen. Unerklärliche Phänomene. Unsichtbare Kraftfelder –«

»Pah. Ich glaube, der Typ hat einen an der Waffel«, tönte es unüberhörbar laut aus Ottos Rucksack.

Albert runzelte die Stirn. »Hast du was gesagt, Otto?«

»Ich sagte … ähm … ich hätte jetzt gerne eine belgische Waffel«, korrigierte Otto und verpasste seinem Schulrucksack einen Klaps.

Albert wirkte irritiert. »Ich hatte gehofft, du würdest mich verstehen, Otto. Immerhin ist dein Onkel doch Geisterforscher, nicht wahr?«

»Mh…hm«, stotterte Otto und nahm einen großen Schluck von der Himbeerlimonade. Bisher waren Geister, Jenseitsbewohner und Sensenmänner etwas, was nur Otto und Emily zu gehören schien. Ein Thema, über das Otto sich mit seiner besten Freundin stundenlang unterhalten konnte. Dass jetzt plötzlich Albert in ihrem kleinen Club mitmachen wollte, gefiel ihm gar nicht. Als Nächstes wollte er sich vielleicht noch mit Scary Harry anfreunden.

»Du musst auch gar nichts sagen, Otto«, sprach Albert weiter. »Ich habe deinen Onkel neulich zufällig in der Stadtbücherei getroffen. Und ich habe ihm erzählt, dass wir beide dicke Freunde sind und ich mich auch brennend für Geisterforschung interessiere. Und jetzt rate

mal – er hat mich für morgen zu euch nach Hause eingeladen.«

»Wa…*was*?« Otto verschluckte sich an seiner Himbeerlimonade. Onkel Archibald hatte tatsächlich Albert zu ihnen nach Hause eingeladen? Und seit wann waren er und Albert dicke Freunde? Hatte er irgendwas nicht mitbekommen?

»Ja, ich weiß, das kommt überraschend«, räumte Albert ein. »Aber ich dachte mir, ich könnte dir ja dafür mit deinem Biologiereferat helfen. Ich habe tolle Unterlagen zum Thema Zellteilung.«

»Das klingt doch nach einem guten Deal, nicht wahr, Otto?«, sagte Emily und lächelte. Wie es aussah, wollte sie nichts lieber, als dass Otto und Albert sich endlich anfreundeten. Aber da fror eher die Hölle zu.

Für Otto wurde das Ganze auch ohne die Freundschaftsnummer mit Albert zu einer ziemlichen Zwickmühle! Einerseits war es zwar nicht übel, dieses elende Biologiereferat für Mr Walker endlich abhaken zu können, andererseits musste er dafür diesen Schwachkopf Albert in seinen eigenen vier Wänden erdulden. Zumindest war es nur für einen Nachmittag lang. Jede Wette, dass Onkel Archibald erkennen würde, dass Albert nichts als eine Nervensäge war. Und dass er in der Stadtbücherei zukünftig einen großen Bogen um ihn machen würde.

»Na gut, einverstanden«, gab sich Otto schließlich geschlagen. Nach dem, was in den letzten Monaten alles passiert war, konnte ihn so schnell nichts aus der Ruhe bringen. Er hatte eine ganze Menge ertragen: einen hinterhältigen Poltergeist, einen Lehrer aus dem Jenseits und zuletzt einen gruseligen Sensenmann, der ihn nachts nicht schlafen ließ. Mit einem notorischen Besserwisser würde er auch noch klarkommen.

* * *

Am Nachmittag kam Harold zu Besuch. Eigentlich hatte Otto erwartet, dass sie über die merkwürdigen Vorkommnisse des letzten Abends sprechen würden, aber Harold schien etwas ganz anderes zu beschäftigen. Und zwar sein neues Hobby.

»Schau mal, Otto«, begann er und ließ sich auf Ottos Bett fallen. Dann holte er einen schwarzen Fidget Spinner aus der Tasche und begann, das Ding zwischen seinen knochigen Fingern kreisen zu lassen. »Ich muss dir etwas zeigen!«

»Oh, ein Fidget Spinner. Wusste gar nicht, dass du dir auch einen zugelegt hast.«

»Ach, das Ding? Das gab's ganz billig im Jenseits-Spielwarenladen. Nein, das meine ich nicht. Das hilft mir bloß, mich zu entspannen.« Harold hielt Otto ein Blatt

Papier unter die Nase. »Das hier wollte ich dir zeigen. Ich habe meinen ersten eigenen Rapsong geschrieben. Mit dem Rhythmus bin ich mir noch nicht ganz sicher. Ich dachte eher an etwas Entspanntes mit einem soften Beat wie Bum-Chi-Bum-Bum-Bum-Chi …«

Otto nahm das Blatt entgegen und überflog Harolds selbst verfassten Song. Der Titel war dreimal unterstrichen und lautete *1 Life in Schwarz-Weiß* und er handelte von einem Sensenmann, der sich selbst für den Größten hielt und einen angeberischen Wagen fuhr. In seinen Song hatte Harold Dutzende Ausdrücke wie »YOLO« oder »gechillt« eingebaut, die Otto zwar selbst nicht benutzte, aber in der Schule immer wieder aufschnappte. Erstaunlich, dass ein 522 Jahre alter Sensenmann mehr Ahnung von Trendwörtern hatte als er selbst.

»Harold, ich finde es ja echt toll, dass du endlich ein Hobby hast, das dich richtig begeistert, und du damit wahrscheinlich auch Gundula beeindruckst. Aber ich finde, wir haben zurzeit andere Probleme«, erklärte Otto und betrachtete nachdenklich die Snowbyte 6S auf seinem Nachtkästchen. »Dein alter Chef Rufus Rattlebone wurde zwar vom SBI gefeuert, aber das hat uns immer noch keinen Deut näher an die Befreiung meiner Eltern gebracht. Denkst du, die Aufseher in Qualcatraz haben die Schneekugel gefunden, mit der Mum und Dad uns neulich angerufen haben?«

Harold nickte. »Gut möglich. Qualcatraz erlaubt keine persönlichen Gegenstände in den Zellen. Und schon gar keine Schneekugeln, um mit der Außenwelt zu kommunizieren.«

Otto kaute auf seiner Lippe. »Aber es muss doch irgendeinen Weg geben, sie da rauszuholen. Wir müssen nur jemanden finden, der genügend Einfluss besitzt. Was denkst du, gibt es keine Möglichkeit, den Boss des SBI zu sprechen?«

Harolds Kiefer klappte herunter. »Otto! Weißt du nicht mehr, was Rattlebone damals in seinem Büro gesagt hat? Womöglich ist der Boss des SBI sogar Teil von Operation Pestbeule und mitverantwortlich dafür, dass Hunderte von Sensenmännern wie ich zu Unrecht ihren Dienst verrichten mussten. Wir sollten ihm nicht vertrauen. Und auch sonst niemandem.«

»Otto! Kommst du mal runter ins Wohnzimmer? Madame Olga ist zu Besuch. Und da ist noch jemand, den wir dir gerne vorstellen möchten«, drang Tante Sharons Stimme vom Erdgeschoss bis unters Dach. »Vergrab dich doch nicht immer in deinem Zimmer.«

»Oh Mann. Die Familienpflicht ruft«, jammerte Otto. »Ich bin ja echt froh, dass Tante Sharon und Madame Olga sich so gut verstehen. Aber können die sich nicht auswärts treffen? Im Theater? Oder im Café?«

»Wem sagst du das?« Die Umrisse von Ottos Haus-

geist Bert zeichneten sich plötzlich von der Wand ab und er erschien im Zimmer.

Der Geist setzte sich gemächlich auf Ottos Bett und grinste. »Immer wenn Madame Olga im Haus ist, futtert sie den ganzen Kühlschrank leer. Übrig bleibt höchstens etwas Brokkoli und vielleicht ein Stück steinharter Käse. Und jetzt hat sie noch jemanden angeschleift! Madame Olgas Freund aus Jamaika. Den hat sie im Internet kennengelernt.«

»Madame Olgas Internetbekanntschaft ist zu Besuch gekommen?«, erkundigte sich Otto.

Harold grinste. »Erstaunt mich auch. Dachte nicht, dass die alte Schreckschraube einen Computer bedienen kann.«

Bert schwebte etwas näher. »Und wenn man den Gerüchten glauben kann, sind die beiden unheimlich ineinander verliebt. Bleibt nur zu hoffen, dass sie bald heiraten und wegziehen. In irgendein romantisches, entlegenes Cottage am Meer. Weit weg von mir und meinem Kühlschrank.«

»Was hab ich da gehört? Die magische Tante von gegenüber hat einen Freund?«, mischte sich Sir Tony ein, der seinen Kopf nun auch durch die Wand steckte. »Ist der etwa blind?«

Bert schüttelte den Kopf. »Sieht nicht so aus!«

»Oder taub?«

»Nö, ganz im Gegenteil, und er redet sogar selbst ziemlich viel«, erzählte Bert.

Harold stand auf. »Hört zu, Leute, so sehr es mich auch interessiert, einen Mann kennenzulernen, der sich freiwillig mit unserer Madame Olga einlässt, aber ich habe zu tun.«

»Was denn? Etwa wieder Seelen einsammeln?«, wollte Sir Tony wissen. »Das sind ja ganz neue Seiten an dir, Harold.«

»Nö!« Harold grinste vielsagend. »Ich habe mein Tagespensum heute schon erledigt. Ich habe anderes vor. Zum Beispiel, eine Tanzchoreo zu meinem neuen Song einzustudieren. Hat jemand von euch Ahnung von Streetdance? Ich dachte, ihr könntet mir vielleicht ein paar coole Moves beibringen!«

Sir Tony schlug sich mit der Handfläche ins Gesicht. »Oh nein, er hält sich immer noch für einen … wie nennt man die Typen noch gleich?«

»Hip-Hopper«, half Otto seinem Hausgeist. »Harold, wenn du möchtest, zeig ich dir im Internet ein paar Tanzvideos, aber zuerst muss ich zu Tante Sharon und Madame Olga und ihren Internetflirt begrüßen. Wartest du inzwischen hier oben in meinem Zimmer?«

»Klar.« Harold begann, sich zu biegen und zu strecken. Einige seiner Knochen knacksten. »Ich wärme mich inzwischen auf.«

Hip-Hop-Harold

Unten im Wohnzimmer herrschte eine so ausgelassene Stimmung wie schon lange nicht mehr. Als Otto zu Tante Sharon, Onkel Archibald und Madame Olga stieß, lachte die Truppe gerade lauthals über irgendeinen Witz, den Madame Olgas Begleiter erzählt hatte. Dazu lief beschwingte Reggae-Musik aus dem Radio.

»Otto! Da bist du ja endlich«, kicherte Tante Sharon. Sie hatte schon rote Wangen und nippte außerdem an einem großen Cocktailglas. »Du musst unbedingt Rocko kennenlernen! Er ist ein echter Spaßvogel.«

»Und er mixt die besten karibischen Cocktails, die man sich nur vorstellen kann«, ergänzte Madame Olga und zwinkerte. »Rocko, willst du für Otto nicht einen alkoholfreien Ananascocktail mischen?«

»Hey, hey, mein junger Kumpel! Natürlich mache ich das, und zwar ruckizucki!«, erklärte Madame Olgas Begleiter und begrüßte Otto mit einem schwungvollen Handschlag.

Otto sah sich diesen Kerl genauer an. Der Typ war nicht nur in den Farben der jamaikanischen Flagge gekleidet – Schwarz, Gelb und Grün –, sondern sah auch aus, als käme er geradewegs von einem karibischen Strand: Seine Haut war dunkel gebräunt und er trug außerdem eine gestrickte Häkelmütze, die sein Haar verdeckte.

Er konnte glatt als exotische Version eines Zirkusclowns durchgehen. Fast schon komisch, dass Madame Olga keine Angst vor ihm hatte, wo sie doch Clowns auf den Tod nicht ausstehen konnte.

»Aber zuerst musst du noch die Geschichte fertig erzählen, Rocko!«, bat Onkel Archibald.

»Aye, Freunde«, lachte Rocko. »Wo waren wir stehen geblieben?«

»An der Stelle, an der du zum ersten Mal bemerkt hast, dass du magische Fähigkeiten hast, mein Schatz«, half Madame Olga und streichelte Rocko augenzwinkernd über den haarigen Unterarm.

Würg. Kotz. Erst Emily und Albert und jetzt musste Otto sich auch noch das ekelige Geturtel von Madame Olga und ihrem neuen Freund ansehen. Und was war eigentlich mit magischen Fähigkeiten gemeint? Otto hatte schon so einige Lügner und Betrüger getroffen – inzwischen war er sehr skeptisch, wenn jemand behauptete, Magie zu beherrschen.

»Otto, hol doch noch ein paar Stück von Olgas selbst gebackener Kirschtorte aus der Küche, ja?«, bat Tante Sharon und hielt ihm einen leeren Teller hin.

Otto gehorchte, schnappte sich den Kuchenteller und drehte den Lautstärkeregler des Radios ein wenig herunter. In der Küche ließ er die Tür zum Wohnzimmer einen Spalt offen, um nichts zu verpassen.

»Also, wo waren wir?«, machte Rocko weiter. »Ach ja, an der Stelle, wo ich diesen riesigen Blauwal –«

In dem Moment ertönte aus dem Obergeschoss ein so lautes Poltern und Klopfen, dass Otto große Mühe hatte, Rocko zu verstehen.

Warum musste Harold ausgerechnet jetzt seine blöden Tanzschritte proben?

Es half nichts. Otto schlich noch etwas näher an den Spalt der Küchentür heran.

»Ich habe ihn am Strand von Jamaika gefunden. Er war äußerst schwer verletzt«, erzählte Rocko weiter.

Aha. Dieser Kerl erzählte also von einem Blauwal. Ein Blauwal … am Strand? Waren diese Tiere nicht viel zu groß, um sich im seichten Wasser vorwärtszubewegen? Otto erwartete, dass Onkel Archibald diese Nachfrage stellen würde, aber wie es aussah, dachte keiner da draußen daran, Rockos Geschichte anzuzweifeln.

»Es sah beinahe so aus, als hätte ihn jemand mit einer Harpune getroffen«, sprach Rocko ungehindert weiter. »Vielleicht waren es ja japanische Walfänger, die sollen immer noch sehr grausam vorgehen.«

Otto presste sein Ohr an die Küchentür. Erst ein Blauwal am Strand? Und dann japanische Walfänger? Vor der Küste Jamaikas? Wie es aussah, brauchte dieser Rocko nicht nur anständige neue Klamotten, sondern auch eine Geografie-Nachhilfestunde. Trotzdem wollte Otto wissen, wie die Geschichte weiterging.

»Oh, wie tragisch!« Tante Sharon schnappte nach Luft. »War das arme Tier denn noch am Leben?«

»Aye. Der Wal war schon mehr tot als lebendig«, antwortete Rocko betrübt. »Aber dann, einer plötzlichen Eingebung folgend, ging ich etwas näher an seine Verletzung heran.«

»Hattest du denn gar keine Angst?«, wollte Tante Sharon wissen.

»Ach Quatsch. Ich doch nicht. Das Tier war äußerst zahm. Ich denke, der Wal hat gespürt, dass ich ihm helfen wollte. Und dass ich außergewöhnliche Kräfte besitze.«

»Hust … *Hochstapler* … hust«, machte Vincent, der schon die ganze Zeit in Ottos Kapuzenpullover hockte und zugehört hatte. »Das letzte Mal habe ich so einen

ausgemachten Schwachsinn gehört, als Madame Olga meinte, von ihrem selbst gebackenen Kuchen könne sie nicht fett werden, weil sie die Kalorien ja selbst erschaffen habe. Pah. Dafür ist Madame Olga aber reichlich füllig.«

»Schscht, Vincent.«

»Jedenfalls habe ich dann ganz einfach meine rechte Hand auf seine Wunde gelegt«, erzählte Rocko munter weiter. »Und dann spürte ich plötzlich dieses gigantische Kraftfeld. Aus Licht. Und Liebe. Und Wärme.«

Bert tauchte aus dem Backofen auf und drehte vor Ottos Gesicht den Zeigefinger an seiner Schläfe. Dann schnappte er sich das Stück Kuchen, das Otto eigentlich für die Truppe draußen im Wohnzimmer vorgesehen hatte, und stopfte es sich im Ganzen in den Mund.

Zugegeben, Bert hatte schon recht, wenn er Rocko für verrückt hielt. Ein Kraftfeld aus Licht, Liebe und Wärme?

Trotzdem wollte Otto wissen, wie es weiterging.

»Und dann?«, fragte auch Tante Sharon draußen im Wohnzimmer.

»Die Wunde verschwand«, verkündete Rocko. »Unter meiner Handfläche befanden sich nichts weiter als seine gesunden Schuppen, die Wunde war wie von Geisterhand verschwunden. Das Tier gab ein glückliches Quieken von sich und –«

»So, jetzt reicht's aber!« Plötzlich stürmte Otto ins Wohnzimmer. Er war mit einem Mal richtig wütend. »Das ist doch alles nichts als ausgemachter Schwachsinn. Wale haben doch gar keine Schuppen. Von wegen magische Kräfte! Tante Sharon, dieser Typ ist doch nichts weiter als –«

»Otto, hör sofort auf!«, unterbrach ihn Tante Sharon und stand auf. »Wie kannst du es wagen, unseren Gast so bloßzustellen? Geh sofort auf dein Zimmer.«

»Nein, nein, er hat ja recht«, fiel ihr Rocko ins Wort. »Natürlich hatte das Tier keine Schuppen. Möglich, dass ich an diesem Tag schon ein oder zwei karibische Cocktails getrunken hatte und mich nicht mehr so genau erinnern kann … aber ich *habe* ihn geheilt. Das könnt ihr mir glauben!«

Tante Sharon hatte Otto aber noch nicht verziehen. »Trotzdem, Otto«, sagte sie. Nun war auch das Poltern und Klopfen von Harolds Tanzschritten wieder laut und deutlich zu hören. »Auf dein Zimmer –«

»Dein Zimmer ist da oben?«, unterbrach Rocko sie amüsiert. »Hältst du da oben etwa Gozilla gefangen? Oder woher kommt der Krach?«

Tante Sharon hielt inne. »Welcher Krach? Ich habe nichts gehört.«

Rocko runzelte die Stirn. »Unmöglich, es klingt, als würde ein Dinosaurier wüten. Da, hört mal hin.«

Otto starrte Rocko wie von Sinnen an. Er hatte sie gehört. Er hatte sie tatsächlich gehört. Die Geräusche, die Harold verursacht hatte. Normale Menschen konnten den Sensenmann weder hören noch sehen. Warum um alles in der Welt war das bei Madame Olgas neuem Freund anders?

»Vielleicht ist es doch wahr«, begann Otto, den Blick auf Rocko gerichtet. Er schämte sich plötzlich, dass er dem angeblichen Wunderheiler sofort misstraut hatte. »Vielleicht war ja doch nicht alles Blödsinn, was Sie erzählt –«

»Jetzt ist es aber genug, Otto«, mischte sich Onkel Archibald ein. »Hast du nicht gehört, was deine Tante gesagt hat?«

Otto knurrte und machte sich auf den Weg in sein Zimmer, während sich Tante Sharon für das unhöfliche Benehmen ihres Neffen entschuldigte. Von der Treppe aus schaute er ein letztes Mal zu Rocko, der Otto mit nicht weniger neugierigen Blicken verfolgte.

Schade, dass er keine Gelegenheit mehr hatte, Rocko weitere Fragen zu stellen. Auch wenn der Typ eine ziemliche Witzfigur war und seine Geschichten klangen, als hätte er sie sich im Traum zusammengereimt – irgendetwas war anders an ihm. Vielleicht war da doch Magie im Spiel.

* * *

Als sich Otto zurück in seinem Zimmer umsah, wurde ihm klar, warum es sich von unten angehört hatte, als würde hier oben ein Dinosaurier wüten. Sein Schreibtischstuhl lag am Boden, seine Nachttischlampe war zerbrochen und Bücher waren aus den Regalen gepurzelt. In der Mitte dieser ganzen Unordnung, auf Ottos Teppich, lag Harold, die knochigen Beine verdreht, und rieb sich den Nacken.

»Otto … uff … Sorry für das ganze Chaos hier«, begann er.

»Harold!« Otto stürzte auf ihn zu. »Ist dir was passiert?«

»Nein, nein, mir geht's gut. Das heißt … nicht ganz. Ich glaube, ich habe mir die Schulter ausgerenkt. Ich hatte beim Proben einen klitzekleinen Unfall.« Ein lautes Knacken ertönte, während sich Harold mit der linken Hand ans rechte Schulterblatt griff. »So, schon wieder

eingerenkt. Nach 520 Jahren als Skelett weiß man, wie man mit kleineren Verletzungen umzugehen hat.«

Otto sah sich in seinem Zimmer um. Etwas weiter hinten war auch ein Blumentopf zu Boden gekracht. »Warst das alles *du*? Wie zum Geier konnte das denn passieren?«

»Natürlich ist das Knochengerippe schuld!«, bekräftigte Sir Tony und schwenkte dabei seinen Hut. »Und *wie* das passiert ist, kann ich dir auch verraten. Dieser Irre hat doch glatt versucht, einen Kopfstand zu machen und sich dabei im Kreis zu drehen. Und dann hat er das Gleichgewicht verloren und –«

»Sorry, Otto.« Harold wirkte zerknirscht. »Auf YouTube sah es total einfach aus. Ich glaube, die Tanzerei liegt mir nicht im Blut. Ich bleib lieber beim Rappen.«

»Amen, Bruder! Das ist doch mal ein wahres Wort«, verkündete Vincent, der gemütlich kopfüber vom Lampenschirm baumelte. »Sensenmänner und Tanzschritte? Das passt überhaupt nicht zusammen.«

Harold baute sich vor dem Lampenschirm auf und stemmte die Arme in die Hüften. »Du musst reden, Flugratte. Was ist denn mit Fledermäusen, die sich in verheiratete Lehrerinnen verknallen? Passt das etwa besser deiner Ansicht nach?«

Vor Schreck verlor Vincent den Halt, plumpste vom Lampenschirm und landete auf dem Teppichboden.

»Sag mal, geht's noch? Das mit mir und Ms Singh ist … etwas Besonderes.« Streitlustig fletschte er die Zähne. »Außerdem bist du doch selbst unsterblich in deine Sensenfrau verliebt.«

»Pah.« Harold verschränkte die Arme. »Gundula und ich waren zumindest mal von der gleichen Spezies.«

»Waren«, bekräftigte Vincent. »Das ist es ja! Während ich und Ms Singh unter den Lebenden weilen, seid ihr beide so was von mausetot – und das seit Hunderten von Jahren.«

»Also wirklich! Das verbitte ich mir.«

»Stimmt doch!«

»Ach, halt die Klappe.«

»Wollt ihr jetzt mal ruhig sein, ihr Streithähne?«, unterbrach Otto die beiden schroff. »Schaut euch lieber das hier an. Durch Harolds kleine Stunteinlage ist die Snowbyte 6S kaputtgegangen. Der Standfuß hat sich von der Kuppel gelöst und … irgendetwas stimmt mit ihr nicht.«

»Was? Lass mich mal einen Blick darauf werfen.« Harold drängte sich an Otto vorbei und nahm die Schneekugel unter die Lupe. »Wenn sie kaputt wäre, wäre das eine Katastrophe. Ohne das Ding können wir nicht länger versuchen, deine Eltern in Qualcatraz zu erreichen. Und eine neue zu kaufen, ist frühestens Ende des Jahres drin, wenn ich meine Kohle bekomme.«

»Ich finde, sie sieht gar nicht so kaputt aus. Zumindest ist das Glas nicht zerbrochen«, befand Vincent und landete auf Ottos Schulter. »Aber was ist das für ein merkwürdiger Lichtkegel, der plötzlich aus der Kuppel kommt?«

Vincent hatte recht. Der Sockel der Schneekugel hatte sich zwar von der Glaskuppel gelöst, trotzdem war sie nicht gesprungen oder gar zersplittert. Nicht wie neulich, als Kater Nelson, Vincents Erzfeind und neuestes Familienmitglied, Ottos alte Schneekugel heruntergeworfen hatte. Die Snowbyte 6S hatte sich lediglich … verändert. Aus der Kuppel der Kugel drang orangefarbenes Licht, das, ähnlich wie eine Taschenlampe, einen großen Kreis an die Wand warf.

»Hast du so einen Lichtstrahl schon mal gesehen, Harold?«, fragte Otto verwundert.

Harold schüttelte den Kopf. »Wir wissen ja, dass die Snowbyte 6S eine Menge Zusatzfunktionen hat … aber buntes Licht? Ich frage mich, warum die Erfinder dieses Feature wohl eingebaut haben.«

»Vielleicht ist das ja eine praktische Allzweck-Taschenlampe. Oder eine Discofunktion, wenn man Partys feiern will«, überlegte Vincent grinsend und flatterte in den orangefarbenen Lichtschein hinein. Seine Umrisse warfen einen riesigen Fledermausschatten an die Wand.

»Weg da, Vincent«, befahl Harold. »Wir wissen noch

nicht, was dieses Licht überhaupt macht. Womöglich ist es für Menschen und Tiere gefährlich.«

Vincent ignorierte ihn und tanzte weiter vergnügt im Lichtschein. »Oder man kann damit lustige Schattenpantomime an der Wand spielen … wuuaaaah!«

»Vincent!!« Ottos Hand streckte sich nach der Fledermaus, doch da war es schon zu spät. Im Lichtschein begann sich Vincents Fledermauskörper Stück für Stück aufzulösen, als würde er in Flammen verglühen. Wenige Augenblicke später war Vincent verschwunden. »Nein! Komm zurück!«

Harold gab einen unterdrückten Schrei von sich. »Ich … ich verstehe das nicht«, keuchte er dann und suchte den Raum ab. »Wohin zum Teufel ist die Flugratte verschwunden? Sie war doch eben noch da!«

»Ich … ich weiß es nicht.« Otto spürte, wie sich Tränen in seinen Augen sammelten. Es sah aus, als hätte das orangefarbene Licht seine Hausfledermaus in ihre Einzelteile aufgelöst und danach verschluckt. »Harold, was sollen wir jetzt tun? Denkst du … Vincent ist … tot?«

»Jetzt mal ganz ruhig, Otto.« Harold legte eine knochige Hand auf Ottos Schulter. »Bestimmt gibt es eine Erklärung dafür.«

»Und welche wäre das?« Otto war aufgestanden und fegte Harolds Hand von seiner Schulter. Vor Wut und Traurigkeit pochte es hinter seinen Schläfen. »Deine

bescheuerte Schneekugel hat Vincent auf dem Gewissen.«

Harold atmete schwer. »Otto, ich bin mir sicher, es geht ihm gut.«

»Das sah aber ganz anders aus, Harold. Es sah aus, als würden ihn Flammen –«

Bevor Otto weitersprechen konnte, flog die Tür zu seinem Zimmer auf. Onkel Archibald stand im Türrahmen, die Geisterbrille auf seiner Nase. »Was ist denn hier los, Otto? Zuerst machst du unten eine Szene und jetzt schreist du wie verrückt –« Onkel Archibalds Blick glitt von Otto zu Harold und weiter zur kaputten Snowbyte 6S, die immer noch die Wand anstrahlte. »Mist. Sag nicht, ihr habt die Schneekugel kaputtgemacht?«

»Schlimmer.« Harolds Stimme klang belegt. »Die Schneekugel hat Vincent verschluckt.«

»Nicht verschluckt, verbrannt.« Für Otto gab es kein Halten mehr. Tränen kullerten ihm unkontrolliert über die Wangen. »Onkel Archibald, es war furchtbar. Er ist in den Lichtschein geflattert und kurz darauf hat er laut geschrien und … sich aufgelöst.«

»Weg von der Kugel.« Onkel Archibalds Miene wurde mit einem Mal todernst. »Wenn das stimmt, was du sagst, Otto, dürfen wir kein Risiko eingehen. Kommt nicht mit dem Licht in Berührung, verstanden?«

»Sei du auch vorsichtig, Onkel Archibald«, mahnte

Otto, während sein Onkel die Glaskuppel mit höchster Konzentration in die Hand nahm, um nicht in den Lichtstrahl zu greifen. Behutsam setzte er die Kuppel auf ihren schwarzen Sockel und das Licht verschwand augenblicklich.

»Puh.« Onkel Archibald atmete aus. »Das wäre mal geschafft.«

»Geschafft?«, echote Otto ungläubig. Begriff Onkel Archibald denn nicht, worum es hier ging? Vincent war schon so lange bei ihm, er konnte ihn nicht verlieren! »Vincent ist immer noch verschwunden!«

»Beruhige dich, Otto«, sagte sein Onkel mit sanfter Stimme und stellte die Kugel mitsamt Sockel auf den Nachttisch. Sogleich begann sich grauer Nebel unter der Kuppel zu formieren, der einige Sekunden später den Blick auf die Jenseits-Stadt freigab. »Komm an meine Seite, Junge, und schau in die Kugel.«

»Die Kugel zeigt doch nur die Stadt im Jenseits«, murmelte Otto und wischte sich die Tränen in den Ärmel seines Sweaters. »Ich verstehe nicht. Das ist doch die ganz normale Telefonfunktion. Was hat die Videotelefonie ins Jenseits mit Vincents Verschwinden zu tun? Die haben wir doch schon oft genug benutzt.«

»Schau dir mal die Mülltonne dort neben dem Supermarkt an. Da ist Vincent doch! Er hockt ganz oben auf dem Müllberg und verputzt gerade eine Handvoll Wür-

mer. Oder Maden. Oder sonst etwas Ekeliges. Jedenfalls sieht er putzmunter und gesund aus.«

Otto schluckte und sah genauer hin. Onkel Archibald hatte recht. Das *war* Vincent. Sein löchriges Fell, seine zerschlissenen Flügelhäute – Otto hätte ihn unter allen Fledermäusen der Welt wiedererkannt.

»Er hat nicht mal Verbrennungen ersten Grades«, lachte Harold.

»Vincent ist lediglich im Jenseits?«, stellte Otto ungläubig fest. »Aber wie –«

Onkel Archibald legte den Arm um Otto. »Sieht ganz so aus, als hätte die Snowbyte 6S eine geheime Zusatzfunktion. Man kann damit wohl nicht nur ins Jenseits telefonieren, sondern auch dorthin reisen.«

Harold kratzte sich am Kopf. »Warte mal. Du meinst, das Ding kann Portale öffnen?«

Onkel Archibald runzelte die Stirn. »Die Technik ist bestimmt nicht besonders ausgefeilt. Und längst nicht so gut wie die Jenseits-App, mit der du als Sensenmann zwischen den Welten hin- und herreisen kannst. Aber im Prinzip hast du recht. Und dass es funktioniert, habt ihr ja gerade unfreiwillig miterlebt.«

»Das ist ja der Hammer«, staunte Otto. »Sieht so aus, als hätte ich endlich mein eigenes Jenseitsportal.«

»Ziemlich beeindruckend«, befand Harold. »Als ich die Kugel besorgt habe, dachte ich, wir können damit ins

Jenseits telefonieren. Dann fanden wir heraus, dass die Anrufe offenbar auch nach Qualcatraz durchgehen. Und nun können wir sogar mithilfe der Kugel verreisen! Die ist ihr Geld echt wert!«

Otto überlegte fieberhaft. »Onkel Archibald! Vielleicht können wir mit der Kugel nicht nur ins Jenseits reisen, sondern auch … nach Qualcatraz. In das Gefängnis, bis in die Zelle meiner Eltern.«

»Das kannst du gleich wieder vergessen, mein Junge.« Onkel Archibald schüttelte den Kopf.

»Was? Nur weil es zu gefährlich ist?«, erwiderte Otto.

Onkel Archibald hob eine Augenbraue. »Gefährlich? Seit wann lässt du dich denn von Gefahr abschrecken? Nein, das meinte ich gar nicht. Erst mal müssten wir es überhaupt schaffen, die Kugel so zu programmieren, dass wir nach Qualcatraz reisen können, was bestimmt nicht einfach wäre. Aber dann ist da noch der viel zu dünne Lichtstrahl. Solange du dich nicht auf die Größe einer Fledermaus schrumpfen kannst, Otto, kannst du bestenfalls Kater Nelson ins Jenseits schicken.«

»Mist«, fluchte Otto. »Aber *wenn* wir es schaffen sollten, ein Portal nach Qualcatraz zu legen, könnten wir Vincent schicken. Wer weiß, vielleicht könnte er meinen Eltern helfen, aus dem Knast zu flüchten?«

»Vincent wird uns bei gar nichts mehr helfen können, wenn ihn die Sensenmänner im Jenseits in die Finger kriegen«, erinnerte Harold und marschierte in Richtung der Tür. »Ich gehe jetzt los und bringe den nervtötenden Ausreißer sicher zurück. Bedanken könnt ihr euch später.«

Otto guckte Scary Harry hinterher, wie er voller Tatendrang durch die Tür verschwand. Äußerst interessant. Wenn er es nicht besser wüsste, würde er glatt vermuten, das Knochengerippe hätte endlich etwas für Ottos kleines Haustier übrig.

Geisterforscher junior

Vincent zurück ins Diesseits zu schaffen, verlief nicht ganz so einfach, wie Otto sich das vorgestellt hatte. Am nächsten Tag, einem Samstag, trudelte schon frühmorgens eine SMS von Harold ein, die nichts Gutes verhieß: Wie es aussah, hatte der Sensenmann bereits die halbe Stadt inklusive der Mülldeponie, des Hauptquartiers des SBI und des Jenseits-Wäldchens am Rande der Jenseits-Stadt durchsucht – doch von Vincent fehlte jede Spur.

Mehr noch, Scary Harry vermutete, dass Vincent gar nicht gefunden werden *wollte*. Es hatte ihm schon immer zu viel Spaß bereitet, sich in seinem alten Zuhause herumzutreiben. Auch wenn er offiziell immer noch aus dem Jenseits verbannt war und sich dort gar nicht aufhalten durfte.

Otto und Onkel Archibald waren inzwischen fast krank vor Sorge. Selbst Tante Sharon hatte ihren vorweihnachtlichen Kaffeeklatsch mit Madame Olga und Rocko, dem Wunderheiler, wegen Vincents Verschwinden kurzfristig abgesagt. Obwohl Vincent alles andere als ein pflegeleichtes Haustier war – er fehlte ihnen. Einzig und allein Kater Nelson schien Ottos Hausfledermaus nicht im Geringsten zu vermissen. Er hatte sich in Ottos Kleiderschrank verkrochen – ein Platz, der eigentlich Vincent gehörte – und schlief tief und fest auf einem Berg aus Klamotten.

»Okay, meine Lieben.« Tante Sharon öffnete die Kühlschranktür und präsentierte eine große Schüssel, gefüllt mit weißer Pampe. »Wenn Harold Vincent nicht finden kann, dann müssen *wir* ihn eben suchen. Anstatt Käsekuchen für Olga und Rocko zu backen, habe ich ganz einfach das hier zusammengerührt.«

Otto traute seinen Augen nicht. »Warte mal, Tante Sharon. Ist das etwa Jenseits-Sonnencreme?«

»Erraten.« Tante Sharon lachte und schmierte etwas Creme auf Ottos Wange.

Dass Tante Sharon ihm und Scary Harry so bereitwillig bei der Suche nach Vincent half, hatte er gar nicht erwartet. »Wow. Das ist echt großartig von dir, Tante Sharon.«

»Und ich habe mich inzwischen um das Portal gekümmert«, verkündete Onkel Archibald, der soeben in die

Küche trat. Unter seinem rechten Arm klemmte eine Art Trichter aus Pappmaschee. »Das Ding sollte uns bei der Reise behilflich sein.«

Tante Sharon kicherte. »Was ist denn das, Archie? Ein Zirkushut? Oder ein gigantischer Kaffeefilter?«

Stolz stellte Onkel Archibald den Trichter auf dem Tisch ab. Danach griff er in seine Jackentasche und legte die immer noch zweigeteilte Snowbyte 6S daneben. »Ich präsentiere hiermit: meine neueste Erfindung. Da ich nicht viel Zeit hatte, ist die Konstruktion natürlich noch … verbesserungswürdig. Aber ich denke, für unsere Zwecke sollte sie vollkommen ausreichen.«

»Ähm, ja.« Otto kratzte sich am Kopf. »Und was *kann* der Trichter nun?«

»Sieht man das denn nicht? Das ist eine Erweiterung für die Snowbyte 6S! Otto, du hast doch gestern Abend erzählt, dass der Lichtstrahl Vincent wie durch Zauberhand ins Jenseits teleportiert hat, hm?« Er machte eine bedeutsame Pause. »Mithilfe dieses Trichters schaffen wir es, den Durchmesser des Lichtstrahls weiter auszudehnen. So weit, dass –«

»Dass ein ausgewachsener Mensch davon eingeschlossen werden und ins Jenseits reisen kann«, vervollständigte Otto Onkel Archibalds Satz.

Onkel Archibald nickte. »Genau. Ich nenne ihn den Ultra-Jenseits-Expander.«

Ottos Augen leuchteten. Eine Reise ins Jenseits kam Otto äußerst gelegen. Denn hier, im Diesseits, drehten sich seine Gedanken sowieso nur ständig im Kreis, solange ein konkreter Plan zur Befreiung seiner Eltern fehlte. »Onkel Archibald, das ist eine ausgezeichnete Idee. Wenn Vincent nicht zurück zu uns kommt, müssen wir eben alle ausschwirren, um ihn zu holen.«

Tante Sharon reichte Otto die Schüssel mit der Jenseits-Sonnencreme. »So ist es. Und mit einem Forscher in der Familie sind Jenseitsportale unser geringstes Problem«, lachte sie und gab Onkel Archibald einen dicken Kuss auf die Wange.

Ein bisschen stutzig war Otto trotzdem. Tante Sharon mahnte doch eigentlich immer zur Vorsicht … War hier gar irgendetwas faul? Oder hatten Tante Sharon und Onkel Archibald einfach so großes Mitleid mit Otto, weil er seine Eltern vermisste, dass sie darüber ihre Regeln vergaßen? »Aber ich verstehe nicht ganz. Ihr beide habt doch ständig behauptet, Jenseitsreisen wären furchtbar gefährlich. Und jetzt auf einmal erlaubt ihr mir einfach einen Kurztrip dorthin?«, erkundigte er sich.

»Tja«, seufzte Tante Sharon und verteilte etwas Jenseits-Sonnencreme auf Ottos Haarschopf. »Uns war klar, dass du früher oder später selbst ins Jenseits reisen würdest, um diese vorlaute, gefräßige Hausfledermaus zurückzuholen. Da ist es uns lieber, wenn wir mit –«

Ding-Dong.

»Huch.« Tante Sharon drehte den Kopf zur Eingangstür. »Archibald, erwarten wir etwa Besuch?«

Onkel Archibald montierte gerade seinen Ultra-Jenseits-Expander auf den Sockel der Schneekugel. »Nicht, dass ich wüsste. Vermutlich ein Vertreter. Oder jemand von den Pfadfindern. Sag einfach, dass es jetzt nicht passt, Sharon. Und dass wir nichts kaufen wollen.«

»Ich erledige das schon«, bot Otto an, flitzte zur Tür und entriegelte das Schloss. »Ich bin ohnehin schon fast fertig eingecremt … *oh*!«

Als Otto die Tür aufzog, blieb ihm beinahe das Herz stehen. Statt einer Gruppe Kekse verkaufender Pfadfinder, die man im Nullkommanichts hätte abwimmeln können, stand da jemand, der sicher nicht so schnell verschwinden würde.

Albert.

Mist.

Doppelmist.

War heute etwa schon Samstag? Wie hatten Otto UND Onkel Archibald vergessen können, dass sich für heute Geisterforscher junior angekündigt hatte? Otto nahm sich vor, Tante Sharon zu überreden, unbedingt einen Türspion einbauen zu lassen. So konnte man wenigstens vorher überprüfen, ob gebetene oder ungebetene Gäste klingelten.

»Hallo, Otto.« Ohne mit der Wimper zu zucken, drängte sich Albert an ihm vorbei in den Hausflur. »Wie siehst du denn aus? Und dieser Geruch! Hast du heute Morgen ein ausgiebiges Bad in abgelaufenem Joghurt genommen? Und deine Klamotten damit gewaschen?«

»Ich äh …« Otto war noch gar nicht in der Lage zu reagieren, da hängte Albert schon seine Jacke an den Garderobenständer und marschierte ohne Aufforderung in Richtung Wohnzimmer. Aber was hätte er Albert denn antworten sollen? So oder so, mit übel riechender Jenseits-Sonnencreme am Körper würde Albert ihn für einen kompletten Idioten halten. Und umso mehr noch, wenn er den wahren Grund für die Pampe auf seinem Körper erfuhr. Das durfte auf keinen Fall geschehen.

»Der Expander funktioniert, Otto!«, tönte Onkel Archibalds Stimme durch den Flur. Sie kam näher. »Hörst du, mein Junge? Tante Sharon hat soeben den Anfang gemacht und ist erfolgreich drüben angekommen. Ich hab sie eben durch die Schneekugel gesehen – oh! *Hallo.*«

Überrascht starrte Onkel Archibald Albert an, mit dem er beinahe im Flur zusammengerasselt wäre. Jede Wette, dass seinem Onkel gerade ähnliche Gedanken durch den Kopf schossen wie Otto. Wie viel hatte Albert mitgehört? Hatte Albert bereits eine Vermutung, was hier vor sich ging? Und … warum hatten sie die Sache mit Alberts Besuch vergessen?

»Hallo, Mr ähm …« Albert schritt auf Onkel Archibald zu und schüttelte ihm die Hand.

»Nenn mich einfach Archibald«, bot Ottos Onkel an.

»Okay. Komme ich etwa ungelegen? Was geht denn hier vor sich? Und wo ist Ihre Frau *erfolgreich angekommen*?«

Onkel Archibald kratzte sich am Kopf und warf einen Hilfe suchenden Blick zu Otto.

»Ähm, weißt du, Albert … meine Tante Sharon ist heute früh in den Urlaub gefahren«, brachte Otto heraus und bemühte sich, unschuldig zu lächeln. »Und offenbar gerade eben dort angekommen. Sie ist in –«

»China«, half ihm Onkel Archibald.

Otto nickte eifrig. »Ja, genau. Sie sieht sich die berühmte Kirschbaumblüte dort an. Ein Lebenstraum von ihr.«

»Ah.« Albert sah ein wenig enttäuscht aus. Bestimmt hatte er eine aufregendere Antwort erwartet. »Kirschbaumblüte. Wartet mal, fährt man dazu nicht nach Japan?«

»Es sind … chinesische Kirschbäume. Ein echter Geheimtipp, längst nicht so bekannt wie die japanischen Bäume«, rettete Onkel Archibald Otto.

»Hm«, machte Albert nachdenklich. »Wenn Sie meinen. Aber wie konnten Sie sie durch eine *Schneekugel* sehen?«

Onkel Archibald legte einen Arm um Albert und

führte ihn ins Wohnzimmer, während Otto geistesgegenwärtig in die Küche flitzte und den Trichter und die Schneekugel im Backofen verschwinden ließ. »So nennen wir unser Handy«, hörte er Onkel Archibald sagen. »Die *Schneekugel*. Weil … ähm … das Modell rund und schneeweiß ist. Wir haben … Tante Sharon per Videotelefonie im Urlaub angerufen, weißt du. Aber jetzt genug mit den vielen Fragen. Möchtest du Zitronenlimonade? Eine Cola? Oder ein Gläschen Whiskey?«

»Ich bin doch erst zwölf.«

Onkel Archibald fuhr sich über die verschwitzte Stirn. »Der Whiskey war ja auch für mich gedacht«, murmelte er geistesabwesend und verschwand in der Küche, aus der ihm Otto entgegenkam, um sich zu Albert zu setzen.

»Bloß ein stinknormales Handy mit Videofunktion«, wiederholte Albert, ganz in Gedanken versunken, und nahm auf dem Sofa Platz. »Ich dachte erst, die Schneekugel wäre vielleicht irgendeine ultracoole Erfindung von deinem Onkel. In der Schule erzählt man sich ja, dass er einer der begabtesten Erfinder der Gegenwart sei. Und stell dir vor, ich habe auch schon etwas erfunden.«

»Ach ja?« Onkel Archibald war wieder zurück und stellte ein Glas Limonade vor Albert ab. »Was denn?«

»Einen waschechten Geistersensor. Ein kleines Gerät, das jedes Mal ausschlägt, wenn sich ein transzendentes Wesen in der Nähe befindet.«

»Transzendentes Wesen? Also wirklich, das verbitte ich mir! Geist, Monster, was auch immer, ist ja noch okay«, echauffierte sich Sir Tony, der über der Treppe auftauchte. »Aber das klingt ja wohl, als wäre ich ein Versuchsobjekt im Labor! Wenn das stimmt, was der Strohkopf mit der Brille behauptet, bin ich die Queen höchstpersönlich.«

»Ein Geistersensor? Erfunden von einem zwölfjährigen Jungen?«, erkundigte sich jetzt auch Bert. Offenbar hatte er den Kühlschrank verlassen, um hinter der Wohnzimmerwand zu lauschen. »Macht der Junge jetzt einen auf *Ghostbusters*? Pah, den Film konnte ich noch nie leiden!«

In Alberts Rucksack begann es, laut zu piepen. »Super, endlich ein Ausschlag! Wisst ihr, was das bedeutet?«

»Dass dein Sensor keine unheimlichen Wesen erkennt, sondern nur dümmliche Jungs? Und dass du eindeutig eine Schraube locker hast, mein Junge?«, witzelte Sir Tony.

Albert beugte sich näher zu Otto, als wollte er ihm ein großes Geheimnis verraten. »Das bedeutet, dass irgendwo hier ein Geist in der Nähe sein muss. Und ich meine: *ganz* in der Nähe.«

»Ich schwebe direkt über deinem Schädel, Brillenschlange«, kicherte Sir Tony amüsiert.

»Schscht«, machte Otto und bedeutete seinem Haus-

geist zu verschwinden. Doch wie es aussah, hatte Sir Tony nicht vor, ausgerechnet jetzt in seinen Staubsauger zu schlüpfen, stattdessen zog er weiterhin über Alberts Kopf seine Kreise. Also wirklich, in Sachen Gehorsam waren seine Hausgeister schwer erziehbare Fälle.

Onkel Archibald runzelte die Stirn. »Lass mich das Gerät einmal betrachten. Kann es auch sagen, *wo* genau sich der Geist befindet?«

Albert griff in seinen Rucksack und reichte Onkel Archibald ein kleines schwarzes Gerät. Das Display blinkte unentwegt. »Direkt hier über uns!«

»Baaääääh.« In dem Moment sauste Sir Tony auf Alberts Haarschopf zu und streckte seine Zunge weit

heraus. Otto zuckte vor Schreck zusammen, doch Onkel Archibald und Albert schienen nicht das Geringste mitbekommen zu haben.

»Erstaunlich«, befand Onkel Archibald und setzte ein Lächeln auf. »Wie schade, dass Geister unsichtbar sind und wir nie erfahren können, ob das Gerät sie tatsächlich aufspüren kann.«

Soweit Otto das beurteilen konnte, war Alberts Geistersensor nichts weiter als ein altes Handy, aus dem einige Drähte und Kabel ragten und an dem Albert ein wenig herumgeschraubt hatte.

»Wie funktioniert das Ding eigentlich?«, erkundigte sich Otto.

»Das würde mich auch interessieren.« Onkel Archibald legte den Kopf schief. »Etwa mithilfe von Magnetwellen? Wirft es Echos an die Wand?«

»Mein Gerät reagiert sehr sensibel auf Luftströmungen aller Art«, erklärte Albert. »Luftströmungen, die man mit den menschlichen Sinnen nicht wahrnimmt und die unerklärlichen Ursprungs sein könnten. Verursacht von Geistern.«

Otto grinste. Das klang ja ziemlich simpel. Und er hatte schon befürchtet, dass Albert wirklich etwas Ahnung von Geisterforschung hatte. »Das muss ja kein Geist, sondern könnte auch bloß ein offenes Fenster sein …«

Albert knirschte mit den Zähnen. »Natürlich gibt es immer eine Rest-Unsicherheit. Aber ich denke –«

»Da haben wir schon unsere logische Erklärung. Es gibt doch so gut wie immer eine logische Erklärung für alles, was man nicht auf Anhieb versteht, nicht wahr?« Onkel Archibald lächelte milde und drehte Alberts Erfindung in seinen Händen. »Bestimmt ist es nur ein undichtes Fenster, das den Alarm ausgelöst hat. Unsere Villa ist nämlich schon steinalt. Aber Kopf hoch, dieses Gerät ist trotzdem kein schlechter Anfang … für deine jungen Jahre.«

»Für meine jungen Jahre?« Albert wirkte echt empört. »Archibald, ich bin alles andere als ein gewöhnlicher zwölfjähriger Junge. Ich konnte mit vier schon lesen und schreiben. Seit meinem achten Lebensjahr lerne ich außerdem Griechisch und Latein.«

»Oh, entschuldige«, kicherte Onkel Archibald und warf Otto einen amüsierten Blick zu. Endlich merkte Ottos Onkel, mit welchem Trottel Otto sich Tag für Tag in der Schule herumschlagen musste.

»Sie können den Geistersensor übrigens gerne ausleihen und sich von der bahnbrechenden Technik überzeugen. Er hat noch viele weitere Funktionen«, bot Albert an, stand auf und lief im Wohnzimmer auf und ab. »Aber genug von mir und meinen genialen Einfällen. Zeigen Sie mir nun endlich etwas von *Ihnen*, Mr Archibald? Ich hatte gehofft, in diesem alten Haus gäbe es mehr zu entdecken als undichte Fenster.«

Während Albert schon mal Tante Sharons Uhrensammlung unter die Lupe nahm, beugte sich Onkel Archibald zu Otto. »Was machen wir denn jetzt, Otto? Wir müssen ihn irgendwie loswerden, um Vincent endlich zurückzuholen.«

Otto schnaubte. »Loswerden? Um den loszuwerden, bräuchten wir ein halbes Dutzend Sicherheitsmänner, die ihn an Händen und Füßen hier rausschleifen. Warum hast du ihn denn überhaupt eingeladen, Onkel Archibald?«

Onkel Archibald zuckte mit den Schultern. »Er war so nett in der Stadtbücherei. Und er hat behauptet, er sei Emilys Freund. Ich wusste nicht, dass er ein Angeber ist, der uns stundenlang auf die Nerven gehen wird.«

»Das hätte ich dir auch sagen können.«

»Die Uhrensammlung hier ist zwar ganz nett, aber im Grunde genommen recht langweilig«, begann Albert und fuhr mit einem Finger über eine staubige Uhr auf dem Kaminsims. »Ich hatte auf echte Geister gehofft. Geheime Räume. Forschungstagebücher.« Albert hielt inne. »Ich hatte gehofft, Ihnen bei den Forschungen zur Hand gehen zu können.«

»Nun, das könnten wir einrichten«, antwortete Onkel Archibald und zwinkerte Otto verschwörerisch zu. Wie es aussah, hatte sein Onkel einen Plan. »Ich forsche gerade … zum Thema … Chilenische Riesen-Warzenmeerschweinchen.«

Otto war kurz davor, laut loszulachen, doch Albert blieb todernst. »Biologie? Ich dachte, Sie erforschen die mögliche Existenz von paranormalen Wesen.«

Onkel Archibald war kurz verunsichert. »Nun, ähm … Das tue ich auch. Ich forsche ja auch zum Thema … Chilenische *Geister*-Riesen-Warzenmeerschweinchen.«

Geistertiere. Das erinnerte Otto wieder daran, dass deutlich Dringenderes auf sie wartete, als hier mit Albert zu quatschen und dabei Zeit zu vertrödeln. Zum Beispiel, Vincent zurück aus dem Jenseits zu holen. Und danach Ottos Eltern aus Qualcatraz zu befreien. Wie auch immer sie das anstellen wollten.

»Oh. Okay. Und wie kann *ich* Ihnen dabei helfen?«, fragte Albert zögerlich.

Onkel Archibald nahm Alberts Hand, führte ihn zurück zur Garderobe und drückte ihm seine Jacke in die Hand. »Indem du jetzt schnell in die Stadtbücherei huschst und mir alles zum Thema Chilenische Geister-Riesen-Warzenmeerschweinchen ausleihst, was du finden kannst. Lass dir ruhig Zeit dabei.«

Sir Tony schwebte neben die Haustür und verbeugte sich, als wäre er der hauseigene Butler. »Angenehmen Tag noch, Mr Nervensäge.«

Albert schlüpfte in die Jacke und band sich seinen Schal um, doch dann hielt er inne. »Hey, was ist das denn für ein ulkiges Ding auf der Kommode?«

Otto hielt die Luft an. Die Geisterbrille. Eine von Onkel Archibalds bedeutsamsten Erfindungen lag hier einfach so rum. Sie befähigte den Träger, Geister zu sehen und auch zu hören. Wenn Albert die in die Finger bekam …

»Da…das ist eine stinknormale Brille«, sagte Onkel Archibald etwas zu schnell. »Kuriert meinen … äh … grauen Star. Wenn du sie aufsetzt, bekommst du ganz brutale Kopfschmerzen.«

Doch das schien Albert nicht aufzuhalten. Bevor Otto sie ihm aus der Hand reißen konnte, hatte Albert seine eigene Brille schon abgesetzt und die Geisterbrille aufgesetzt.

»Was zur … wuuuuaah!«, schrie Albert und machte einen Satz nach hinten. Er hatte Sir Tony neben der Tür entdeckt, der sich über Alberts Schrei nicht minder erschrocken hatte. »Was zur Hölle ist das denn?«

Onkel Archibald riss ihm die Geisterbrille sofort wieder von der Nase. »Nichts, was dich etwas angeht, du kleiner Schnüffler«, knurrte er.

»Aber –« Albert starrte zuerst auf die Brille in Onkel Archibalds Hand, dann zurück zur Eingangstür. Sir Tony schwebte immer noch dort herum, aber Albert konnte ihn ohne Brille selbstverständlich nicht mehr

sehen. »Ich habe gerade Dinge gesehen … Dinge … die es eigentlich gar nicht gibt?«

Sir Tony kriegte sich vor Entrüstung kaum mehr ein. »Na toll! Erst nennt mich Schlaubi Schlumpf hier ein transzendentes Wesen und nun … ein *Ding*! Ein Kerzenständer ist ein Ding. Ich hingegen war ein echtes, lebendiges Wesen, Herrgott noch mal!«

»Dinge, die es nicht gibt? Blödsinn«, verkündete Onkel Archibald und bugsierte Albert Richtung Haustür. »Das war sicher nichts anderes als eine … Lichtreflexion. Eine Spiegelung durch die Brillengläser. Ähnlich einer optischen Täuschung.«

Albert rang nach Luft. »Aber –«, versuchte er es ein zweites Mal.

Onkel Archibald führte ihn über die Türschwelle. »Nichts aber. Ich muss jetzt weiterforschen, mein Junge. Komm wieder, wenn du mindestens zwanzig Bücher über Chilenische Geister-Riesen-Warzenaffen gefunden hast.«

Albert sah verdutzt aus. »Affen? Ich dachte, ich soll über –«

»Mach's gut! Und frohe Weihnachten!«, brummte Onkel Archibald und knallte Albert die Eingangstür vor der Nase zu. Dann drehte er den Schlüssel ganze drei Mal um und schob, nur für alle Fälle, auch noch den Sicherheitsriegel vor.

Der mysteriöse Dr Rufus Seymore

Eins stand fest: So hatte Otto sich das nicht vorgestellt.

Weil Albert den Hausgeist Sir Tony ungeplant durch die Geisterbrille entdeckt hatte, entschied Onkel Archibald kurzerhand, dass er Tante Sharon alleine ins Jenseits hinterherreisen würde, um dort nach Vincent zu suchen. Otto hatte stattdessen auf Nelson aufpassen und das Haus für den Fall hüten müssen, dass Albert zurückkommen und unangenehme Fragen stellen könnte.

Doch Nelson schlief tief und fest vor dem Kamin und wie es aussah, hatte Albert auch nicht vor, heute wiederzukommen und die seltsame Begegnung mit dem Hausgeist zu hinterfragen. Vielleicht durchsuchte der kleine Quälgeist tatsächlich die Stadtbibliothek nach Büchern für Onkel Archibald. Vielleicht aber hatte ihn die un-

heimliche Erscheinung so verschreckt, dass er in Zukunft einen großen Bogen um den Radieschenweg machte.

Inzwischen war bereits früher Abend und von Tante Sharon und Onkel Archibald fehlte immer noch jede Spur. Ohne Vincent im Haus war es beinahe unerträglich still und auch Sir Tony, Bert und Molly geisterten an diesem Abend nicht wie sonst durchs Haus. Es war sogar so ruhig, dass Otto das Gefühl beschlich, dringend Gesellschaft zu brauchen. Kurzerhand zückte er sein Handy und tippte eine SMS.

Hey, Harold! Musst nicht länger nach Vincent suchen. Tante Sharon und Onkel Archibald haben das für dich übernommen. Lust abzuhängen?

Kaum hatte Otto auf »Senden« gedrückt, klingelte es auch schon an der Tür. Davor, mit den ungleichen Turnschuhen knöcheltief im Schnee, stand tatsächlich Scary Harry. Die Kapuze hatte er tief in die Stirn gezogen und er schlotterte am ganzen Leib vor Kälte. Seine Kieferknochen klapperten unentwegt aufeinander.

»Wow. Das ging aber schnell«, staunte Otto und ließ den Sensenmann in den warmen Flur treten. »Du hast wohl nur darauf gewartet, mich zu besuchen, nicht wahr?«

»Oder eher, mich bei dir auszukotzen«, brummte Harold verärgert, lehnte seine Sense gegen die Pendeluhr im Wohnzimmer und ließ sich todmüde in den Ohrensessel fallen. »Seit geschlagenen zwölf Stunden versuche ich jetzt schon, Seelen einzusammeln. Aber immer, kurz bevor ich die glühenden Dinger mit dem Schmetterlingsnetz einfangen kann, taucht plötzlich wieder diese Wahnsinnige … diese bunt gekleidete alte Schachtel auf und macht mir einen Strich durch die Rechnung! Eine echte Ins-Handwerk-Pfuscherin ist das!«

Otto ließ sich auf das Sofa gegenüber dem Kamin fallen. Wegen der Turbulenzen zu Hause hatte er die merkwürdige Begegnung mit der dunkelhaarigen Frau in Mrs Sandringhams Villa vor einigen Tagen beinahe vergessen. »Soll das heißen, diese Sensenfrau hat alle deine Seelen genau wie Mrs Sandringham einfach … wiederbelebt?«

Harold schnaubte abfällig. »Du glaubst, es war eine Sensenfrau? Also, wenn es sich bei der Tante um eine Sensenfrau handelt, Freundchen, dann bin ich Miley Cyrus.«

Otto runzelte die Stirn. Eine bessere Idee, um wen es sich bei der dunkelhaarigen Frau gehandelt haben könnte, hatte er eben noch nicht gehabt. »Aber wer weiß sonst noch über Seelen Bescheid? Wer kennt sich sonst mit der täglichen Arbeit eines Sensenmannes aus, wenn nicht eine Sensenfrau?«

»Keine Ahnung, was das für eine Spinnerin ist. Vielleicht aus der Klapse entlaufen. Die kann es sich doch nicht einfach erlauben, dem Tod ein Schnippchen zu schlagen.« Harold zuckte resigniert mit den Schultern und erhob sich von seinem Sessel. »Fest steht, dass ich für heute jegliche Lust am Seeleneinsammeln verloren habe. Komm, lass uns irgendwo rumhängen. Wie wär's mit Kino? Ich lade dich ein. Im Unsichtbar-Modus müsste ich mich ja eigentlich umsonst hineinschmuggeln können.«

Die Idee war gar nicht so übel. Keine zwanzig Minuten später hielt Otto auch schon Karten für den neuesten Horrorfilm in den Händen. *Spuk im Schlachthaus* war erst in der letzten Woche angelaufen, und obwohl der Streifen eigentlich erst ab vierzehn Jahren empfohlen wurde, war Otto sich sicher, dass ihn ein paar gruselige Computertricks nicht so schnell aus der Fassung bringen würden.

»Danke fürs Bescheidgeben«, meinte Emily, die an der Kasse gerade eine große Tüte Popcorn kaufte. »Mir war schon heute Nachmittag total langweilig. Alle Weihnachtsgeschenke sind eingepackt und die Hausaufgaben hab ich auch erledigt. Ich saß nur zu Hause rum und hab den Schneeflocken vorm Fenster zugeguckt.«

»Ach, echt? Dir war langweilig? Ich dachte, Albert wäre vielleicht bei euch zu Besuch gewesen«, erwiderte Otto

und ärgerte sich im nächsten Moment darüber, dass er dabei so unfreundlich klang.

Emily runzelte die Stirn. »Ich dachte, er wäre bei euch gewesen?«

»War er auch. Ich meinte, danach.«

Emily schüttelte den Kopf. »Nö. Ich habe heute noch kein Sterbenswörtchen von ihm gehört.« Sie seufzte. »Wie war es denn? Haben Albert und Onkel Archibald sich angefreundet?«

»Es war … nett. Und ja, ich glaube, sie verstehen sich ziemlich gut«, flunkerte Otto und entschied sich an der Kasse ebenfalls für eine Jumbotüte Popcorn. Einen Augenblick lang dachte er darüber nach, Emily die Wahrheit zu erzählen. Die Sache mit der Geisterbrille, die einfach achtlos im Flur herumgelegen hatte. Und von Alberts entsetztem Aufschrei, als er durch die Gläser Sir Tony entdeckt hatte. Doch er entschied sich dagegen. Wenn Albert nicht mit Emily darüber sprach, würde er es auch nicht tun.

»Können wir endlich die Plätze suchen gehen?«, drängte Harold und spähte gierig auf Ottos Popcorntüte. Auch wenn der Sensenmann dank fehlender Verdauungsorgane eigentlich nicht essen musste, verfressen war er allemal. »Ich freu mich saumäßig auf den Gruselschocker, hatte schon seit Ewigkeiten keine Gänsehaut mehr. Genauer gesagt seit 522 Jahren, haha. Wird langsam Zeit!«

Zum Glück blieb der Platz neben Otto frei. Scary Harry ließ sich auf den gepolsterten Kinosessel fallen und seufzte zufrieden, als der Vorspann des Films begann. »Findet ihr es nicht auch schade, dass mir das mit der Kino-Schmuggelei erst jetzt einfällt? Das hätte mir schon viel früher kommen können. Denkt nur mal an die vielen Filme, die ich mir in den letzten 522 Jahren kostenlos hätte anschauen können – das müssen Abertausende Streifen sein!«

»Ähm, Harold, Filme gibt es noch nicht so lange«, wandte Emily im Flüsterton ein, während die ersten blutrünstigen Szenen auf der Leinwand erschienen. Seit Onkel Archibald Emily eine eigene Geisterbrille konstruiert hatte, konnte sie direkt mit dem Sensenmann sprechen, ohne dass Otto dolmetschen musste. »Außerdem sind bestimmt nicht alle davon sehenswert und manche richtig mies. So wie dieser hier. Das Blut sieht ja noch nicht mal echt aus. Und das da ist keine Leiche, sondern eine billige Plastikpuppe.«

Leider hatte Emily recht. *Spuk im Schlachthaus* entpuppte sich als ziemlicher Reinfall: Die Handlung war vorhersehbar, die Dialoge hölzern und die Schauspieler waren noch schlechter als die Schüler der Theatergruppe der Siegmund-Schwefelkopf-Schule. Otto war froh, als die neunzig Minuten endlich vorbei waren und der Abspann lief.

»Das war ja wohl ein vertaner Abend«, seufzte Otto. »Wären wir lieber daheimgeblieben. Niemand hier im Kino hat sich auch nur ansatzweise gegruselt. Die zwei Jungs hinter uns haben außerdem den ganzen Film über gequatscht und irgendwelche Videos auf ihren Handys geschaut.«

»Ja, das war vielleicht nervig!«, stimmte Emily zu und warf den Jungs in der Reihe hinter ihnen einen verärgerten Blick zu. Sie sahen schon fast erwachsen aus – und hatten anscheinend immer noch keine Manieren. »Die haben bei den gruseligen Stellen bestimmt nicht mal mit der Wimper gezuckt.«

»Das werden wir gleich ändern. Lasst uns das Grusel-Level hier drin ein wenig erhöhen!«, begann Scary Harry und griff nach seiner Sense, die unter dem Kinosessel auf dem Boden lag. Wie immer, wenn er in den Sichtbar-Modus wechseln wollte, musste er nichts weiter tun, als mit der Sensenspitze einen Kreis um seinen Schädel zu zeichnen.

Otto sah ihm erstaunt dabei zu. »Harold, was zur Hölle … du kannst dich doch nicht einfach mitten in der Öffentlichkeit sichtbar –«

Doch Harold ignorierte Ottos Einwände. Kaum war der Kreis um seinen knochigen Schädel vollständig beschrieben, war der Sensenmann für jedermann in den Kinoreihen sichtbar. Blieb zu hoffen, dass in der Dunkelheit des Kinosaals niemandem auffiel, dass sich aus dem Nichts ein Typ im schwarzen Umhang materialisiert hatte.

»Buh!«, schrie Harold, fuhr herum und starrte die beiden Jungs mit seinen rot glühenden Augen an. »Ihr beide habt Tickets für einen Horrorfilm gekauft, also habt ihr auch ein bisschen Grusel verdient. Kann die Show losgehen?«

Doch anstatt schreiend aus dem Kinosaal zu flüchten, futterten die beiden Jungs weiterhin entspannt ihr Popcorn aus der Tüte und nahmen Harold, seinen knochigen Schädel und die schwarze Kutte genauer unter die Lupe. »Was bist denn du für ein Spacko? Soll ich mich jetzt etwa gruseln, Alter?«, lachte der große Typ mit Baseballkappe. »Und warum trägst du im Kino eine Maske? Halloween ist schon über einen Monat her, Kumpel.«

»So, so. Also, ihr seid ja wirklich hartgesottene Horrorfans. Wenn nicht mal ein echter Knochenschädel euch ins Schwitzen bringt.« Harold überlegte. »Nun, wenn das so ist, muss ich euch wohl meinen neuesten Trick zeigen.«

»Bin ich aber gespannt …«, meinte der andere Junge lahm und ließ eine Kaugummiblase zerplatzen.

Und da tat Harold etwas, das Otto noch nie zuvor bei ihm gesehen hatte. Der Sensenmann nahm seinen Schädel zwischen die knochigen Hände und begann, ihn seit-

wärts zu drehen, immer weiter und weiter, einmal um die eigene Achse. Otto bekam plötzlich eine Gänsehaut. Und damit war er nicht der Einzige: Auch die beiden Halbstarken sahen jetzt aus, als wäre ihnen plötzlich schlecht geworden.

»Okay. Das ist unheimlich«, murmelte der Junge mit Baseballkappe. Er saß da wie schockgefroren, den Blick starr auf Harold geheftet, der seinen Schädel jetzt wieder geradeaus ausgerichtet hatte.

»Das ist ja wie … bei … bei *Der Exorzist*. Der Typ ist vom Teufel besessen!«, rief sein Kumpel, quetschte sich aus der Bankreihe und stolperte über eine paar leere Getränkebecher auf dem Boden. »Weg hier!«

»Na bitte«, befand Harold, als die beiden vor allen anderen durch den Notausgang verschwunden waren. »Ich glaube, die gehen so schnell in keinen Gruselfilm mehr. War das nicht ultrakomisch, Otto?«

»Ja, sehr witzig«, murmelte Otto. Manchmal war Harold gar nicht klar, in welche Gefahr er sich mit solchen Aktionen begab. »Ich hoffe nur, die kleine Spaßaktion hat niemand sonst bemerkt. Denn sonst kommen wir alle mächtig in Erklärungsnot.«

Emily nickte, stand auf und quetschte sich zwischen den Sesseln ebenfalls zum Hauptgang durch. »Lass uns besser verschwinden, bevor irgendjemand merkt, dass du keine Haut, Haare und Organe mehr hast, Harold.«

Harold kicherte immer noch vor sich hin, doch er folgte Otto und Emily aus dem Kinosaal. Sie waren schon fast durch die Tür, da legte sich eine alte, faltige Hand auf Harolds Schulter. Es war ein grauhaariger Mann, etwa so alt wie Onkel Archibald, nur viel dünner und drahtiger.

»Hey, Sie! Warten Sie«, sprach der alte Mann.

Oh, oh. Wer zum Geier war das? Etwa jemand, der im Kino arbeitete? Und der mitbekommen hatte, dass mit dem mysteriösen Kinobesucher in der schwarzen Kutte etwas nicht stimmte? Oder war er vielleicht ein Geist? Ein Kinogespenst, dem der Sensenmann aufgefallen war?

»Hä? Pfoten weg von mir, alter Mann!« Harold fuhr herum.

»Otto! Sag mal, weißt du, wer der Typ da ist?«, fragte Emily.

»Heißt das, du kannst ihn sehen, Em?«, erwiderte Otto verblüfft. Sie hatte die auffällige Geisterbrille inzwischen wieder in ihrer Tasche verstaut.

»Klar.«

»Dann ist er wohl kein Geist, sondern ein normaler Mensch«, schlussfolgerte Otto.

»Pfoten weg?« Jetzt lachte der alte Mann. »Das geht auch etwas freundlicher, Harold. Weißt du denn nicht, wer ich bin?«

»Entschuldigen Sie«, erwiderte Harold und zog seine Kutte so tief in die Stirn, dass der alte Mann seinen knochigen Schädel nicht sehen konnte. »Sie müssen mich verwechseln.«

Doch der Alte ließ sich nicht täuschen. »Mach keinen Quatsch, wir kennen uns doch! Oder vielleicht sollte ich sagen: Einst war es mir bestimmt, Eure Bekanntschaft zu machen. Vor über 500 Jahren, im *Gasthaus zur goldenen Sau*. Na, klingelt es?«

»Was in drei Teufels Namen –«, stotterte Harold und sein Kiefer klappte auf. »Doch, ja, ich kenne Sie! Aus dem Mittelalter! Sie … Sie sind Doktor Rufus Seymore. Aber wie ist das möglich, Sie sehen immer noch aus wie früher! Das kann doch gar nicht sein! Sie sind keinen einzigen Tag gealtert!«

»Geht's noch ein bisschen lauter?«, knurrte der alte Mann verärgert und sah sich im Kinosaal um. Die letzten Gäste verließen den Raum und hinten in der Ecke begann eine Putzfrau damit, sauber zu machen. »Ich suche dich schon seit Ewigkeiten, Harold. Wir müssen dringend unter vier Augen miteinander sprechen. Ich muss dir ein Geheimnis verraten.« Er warf einen misstrauischen Blick auf Otto und Emily. »Irgendwo, wo uns niemand anders hören kann.«

Harold schnaubte. »Otto und Emily werden ganz sicher nicht verschwinden, Doktor Seymore. Wenn Sie mit mir reden wollen, dann nicht ohne meine beiden besten Freunde hier! Klaro?«

Der Gammelwurst-Deal

Bis jetzt hatte Otto nur Bahnhof verstanden. Er hatte lediglich kapiert, dass der alte Mann aus dem Kino Dr Seymore hieß und nicht nur Harold zu kennen schien, sondern auch wusste, dass der Sensenmann zu Lebzeiten Wirt im *Gasthaus zur goldenen Sau* gewesen war. Außerdem stand fest, dass der Alte an ausgeprägtem Verfolgungswahn litt, denn er sah sich ständig um, als wäre ihm jemand auf den Fersen.

»Jede Wette, dieser Doktor Seymore ist einfach nur aus der Klapse ausgebrochen«, riet Emily, während sie sich neben Otto den Weg durch frischen Pulverschnee bahnte. Es schneite immer noch unentwegt, doch diesen mysteriösen Seymore schien das nicht zu stören. Mit etwas Abstand zu ihm und Scary Harry schlichen sie durch den nächtlichen, verschneiten Park in Richtung Bahnhof.

»Aber warum weiß er dann Details über Harolds Leben im Mittelalter, Em?«, wollte Otto wissen und starrte gedankenverloren vor sich hin. Außer ihnen war heute Nacht niemand unterwegs, es war viel zu kalt. »Und wo führt der uns eigentlich hin? Vielleicht ist er kein Verrückter aus der Irrenanstalt, sondern ein Massenmörder. Und dann killt er erst Harold, dann mich und dann –«

»Jetzt entspann dich doch mal, Otto.« Emily rollte mit den Augen. »Harold ist doch schon längst tot.«

Otto schnaubte. »Das beruhigt mich nicht gerade. Vielleicht sollten wir nach Hause gehen, Emily. Womöglich sind Tante Sharon und Onkel Archibald schon von ihrem Vincent-Suchtrip im Jenseits zurück und fragen sich seit Stunden, wo ich stecke, und –«

»So. Da wären wir«, verkündete der alte Mann in diesem Moment, bevor Otto weitersprechen konnte. Er hatte Harold, Otto und Emily durch die finstere Bahnhofshalle in einen abgelegenen Warteraum geführt. Um diese Uhrzeit fuhr niemand mit dem Zug, sie waren die Einzigen hier. »Jetzt sind wir ungestört. Außerdem ist hier sicher nichts verwanzt.«

Emily warf Otto einen vielsagenden Blick zu. Der Typ litt wirklich unter Verfolgungswahn.

Doch Otto achtete nicht auf Emily. Stattdessen wollte er endlich wissen, was hier gespielt wurde, wer Dr Seymore war und warum er unbedingt einen gemütlichen

Kinoabend unter Freunden stören musste. Was wollte er Harold so dringend mitteilen? »Jetzt mal raus mit der Sprache! Harold, willst du uns nicht endlich verraten, woher du diesen Kerl hier kennst?«

»Diesen *Kerl*?« Anstatt sich weiter umzusehen, heftete Dr Seymore seinen Blick auf Otto. Um seine blauen Augen tanzten tausend winzig kleine Falten, die ihn uralt aussehen ließen. Sein Körper allerdings schien jung, kräftig und sportlich zu sein und passte so gar nicht zu seinem verrunzelten Gesicht. »Ich bin nicht einfach irgendein *Kerl*, klar? Ich bin seit beinahe 600 Jahren am Leben. Ich habe ein wundersames Elixier gefunden, um das menschliche Leben beinahe unendlich zu verlängern.« Er ließ seine Worte einen Moment lang wirken, dann fügte er verärgert hinzu: »Im Mittelalter wärst du für so eine obskure Behauptung gegen einen Ehrenmann wie mich an den Pranger gestellt worden, mein Junge.«

»Das ist nicht wahr. *Sie* wären doch viel schlimmer dran gewesen im Mittelalter. Und zwar wegen Hexerei!«, rief Emily und klang, als hielte sie Dr Seymore nun erst recht für einen Verrückten. »Warum sollen wir Ihnen eigentlich glauben? Sie könnten uns das Blaue vom Himmel herunterlügen und sich bloß als dieser Dr Seymore ausgeben. Den Namen könnten Sie genauso gut in irgendwelchen Geschichtsbüchern ausgegraben haben.«

»Ihr glaubt mir nicht? Na, dann wartet's ab!« Dr Seymore kramte in seinem grauen Mantel herum und förderte ein zusammengefaltetes Dokument zutage. Es war an den Rändern stark vergilbt und an vielen Stellen mit einfachen Klebestreifen versehen. »Voilà, meine Geburtsurkunde. Das müsste nun wirklich jeden Zweifel ausräumen.«

Otto, Emily und Harold nahmen das Dokument unter die Lupe. Es war in einer veralteten Sprache und in geschwungener Tintenschrift verfasst, trotzdem war einiges deutlich zu erkennen.

Zum einen, dass es sich bei dem alten Stück Papier um eine Geburtsurkunde handelte, zum zweiten, dass der Bescheinigte den Namen Rufus Bartholomew Seymore trug, und zum dritten, dass das Geburtsjahr das Jahr 1450 war.

Also doch!

Harold sprach als Erster. »Hier steht es tatsächlich! Aber ich hielt Sie sowieso nur kurz für einen Geist, dafür sind Sie eindeutig zu menschlich!«

»Menschlicher jedenfalls als du.« Dr Seymore musterte Harold von Kopf bis Fuß. »Was hast du eigentlich angestellt, um beim SBI zu landen?«

»Lange Geschichte. Fragen Sie besser nicht.« Harold winkte ab. »Aber jetzt erzählen Sie doch mal! Wie um alles in der Welt haben Sie es geschafft, so lange am Leben

zu bleiben? Von was für einem Mittel haben Sie vorhin gesprochen?«

»Das tut nichts zur Sache«, meinte Dr Seymore geheimnisvoll. Erneut sah der mysteriöse Dr Seymore sich um, dann kramte er in seiner Tasche nach einem Pillendöschen und hielt es Harold unter die Nase. Oder eher unter die Stelle, wo mal dessen Nase gewesen war. »Frag mich lieber, in welch großer Gefahr ich mich befinde, weil ich dieses Elixier besitze.«

Harold seufzte. »Okay. In welcher Gefahr befinden Sie sich, weil Sie das Elixier besitzen?«

»Gut, dass du fragst«, antwortete Dr Seymore ungeduldig. »Zuerst waren es die vom SBI, die geahnt haben, dass ich nicht wie jeder normale Mensch nach ungefähr hundert Jahren sterben werde. Ich habe deswegen sogar eine Weile in Qualcatraz festgesessen.« Er schnaubte. »Und seit Kurzem sind mir seltsame Anzuggestalten aus London auf den Fersen. Ich vermute, sie wissen, dass ich Pillen mit dem Elixier darin besitze und an mir selbst ausprobiert habe. Pillen, die mich zehnmal so alt werden lassen wie normale Menschen. Meine Lebenserwartung liegt bei –«

»Zehnmal so alt? Dann können Sie also tausend Jahre alt werden?«, fragte Emily zweifelnd.

»Zumindest 800 Jahre dürften bei gesundem Lebensstil kein Problem sein«, meinte Dr Seymore zufrieden.

»Diesen kleinen Pillen hier sei Dank. Trotzdem schützen sie einen natürlich nicht davor, einem Gewaltverbrechen zum Opfer zu fallen und dadurch früher als geplant das Zeitliche zu segnen. Das ist leider der klitzekleine Schönheitsfehler an den Dingern.«

Ganz gespannt starrte Otto auf den Inhalt des Pillendöschens. In dem kleinen silbernen Behältnis befanden sich zehn rote Tabletten, kaum größer als die widerlichen Vitamintabletten, die Tante Sharon Otto jeden Morgen neben seinen Frühstücksteller legte.

War es wirklich wahr, was dieser Seymore sagte? Wenn das stimmte, dann war diese Medizin hier ein Vermögen wert. Wenn man in einem Labor herausfand, welche Bestandteile in der Kapsel steckten, konnte man mehr davon produzieren. Otto wollte sich gar nicht ausmalen, wie wertvoll diese kleinen roten Dinger sein konnten. Und wer alles Interesse daran haben könnte, eine dieser Pillen zu besitzen.

»Und wer sind die Anzuggestalten aus London?«, fragte Harold soeben. Genau die gleiche Frage hatte Otto auch gerade stellen wollen. »Die, die Ihnen auf den Fersen sind, Doktor Seymore?«

»Das tut nichts zur Sache«, antwortete Dr Seymore und drückte Harold das Pillendöschen in die Hand. »Du musst meinen Schatz nur ein Weilchen für mich verwahren.«

»Meinen Schatz?«, wisperte Emily in Ottos Ohr. »Das klingt ja genauso seltsam wie bei dieser faltigen Kreatur mit den Glupschaugen aus *Der Herr der Ringe*. Ich kaufe ihm die Story immer noch nicht ganz ab. Wer weiß, vielleicht ist die Geburtsurkunde bloß eine billige Nachmache aus dem Copyshop. Ich meine: Klebestreifen? Seit wann gab es die denn im Mittelalter?«

»Schscht«, machte Otto. Früher hätte er Emily ohne mit der Wimper zu zucken recht gegeben – eine Lebenserwartung von über 800 Jahren, das schaffte noch nicht mal eine Schildkröte –, aber inzwischen war einfach schon zu viel in seinem Leben passiert. Zu viel, was zuerst unglaublich geklungen, sich aber dann doch als wahr herausgestellt hatte. »Emily, ich weiß, es klingt schräg. Aber lass uns weiter zuhören, was Doktor Seymore zu sagen hat, okay?«

»Du musst gut auf die Pillen aufpassen, Harold«, sprach Dr Seymore weiter und sah den Sensenmann eindringlich an. Er flüsterte, obwohl die Bahnhofshalle immer noch menschenleer war. »Und zwar so lange, bis ich mich um diese Anzuggestalten kümmern konnte und ich wieder sicher bin. Kannst du das für mich tun, Harold?«

Scary Harry schien zu zögern. »Ich weiß nicht, Doktor Seymore. Was ist, wenn ich das Döschen verliere? Ich bin echt schusselig. Neulich habe ich eins meiner Gurkengläser verloren und es über Stunden verzweifelt gesucht. Inklusive der Seele darin! Und erst nach Stunden habe ich es wiedergefunden – im Tiefkühlfach!« Er seufzte. »Ganz zu schweigen von den vielen Seelen, die mir wegen meines, nun ja, draufgängerischen Fahrstils des

Öfteren von der Ladefläche gepurzelt sind, als ich noch diese klapprige Schrottkiste fahren musste.«

Otto nickte bestätigend. »Das stimmt! Harold würde sogar seinen eigenen Schädel verlieren, säße der nicht auf seinem Rumpf.«

»Dann musst du eben gut darauf aufpassen«, bekräftigte Seymore beinahe mit wütender Stimme. Verzweifelt fuhr er sich durchs graue, kurz geschorene Haar. »Du schuldest mir ohnehin noch einen Gefallen.«

Harold stemmte die knochigen Arme in die Hüften. »Einen Gefallen? Daran kann ich mich gar nicht mehr erinnern.«

»Ist ja auch schon über ein halbes Jahrtausend her. Weißt du noch, damals, in der *Goldenen Sau*, als du diese vergammelte Wurst gegessen hast? Du hattest dir eine furchtbare Lebensmittelvergiftung eingefangen! Ich war dein Leibarzt und habe dich kuriert!«

»Ach, den Gammelwurst-Deal meinen Sie. Den Gefallen, den ich Ihnen versprochen habe, weil Sie mich gerettet haben.« Harold rollte mit den Augen. »Das macht jetzt übrigens auch keinen Unterschied mehr, ich bin mausetot.«

Dr Seymore verschränkte die Arme vor seiner Brust. Wie es aussah, hatte der Alte nicht vor nachzugeben. »Na und? Trotzdem! Deal ist Deal. Du schuldest mir einen Gefallen. Und den fordere ich jetzt ein.«

»Verdammter Gammelwurst-Deal«, fluchte Harold.

»Heißt das *ja*?«

»Das heißt, ich kann für nichts garantieren«, räumte Harold ein. »Ich mache es. Aber es wäre besser, Sie sehen zu, dass Sie Ihre Sachen schnell geregelt bekommen und sich Ihre wertvollen Elixier-Tabletten bald wieder zurückholen können.«

Dr Seymore nickte. »Okay, okay. Ich gebe mein Bestes. Treffen wir uns in exakt einer Woche erneut im Kino? Gleicher Saal, gleiche Uhrzeit?«

Harold schüttelte den Kopf. »Kommt nicht infrage.«

»Was?«

»Dieses öde Gemetzel auf der Leinwand sehe ich mir kein zweites Mal an.«

Dr Seymore fasste sich an die Stirn und seufzte. »Ich glaube, du verstehst den Ernst der Lage nicht richtig, Harold. Na gut, meinetwegen, dann treffen wir uns im Kinosaal daneben.«

»Jup!« Harold tippte sich auf den Schädel. »Hab's gespeichert.«

Dr Seymore zögerte. Vielleicht, weil Harold physisch kein Gehirn besaß. Vielleicht aber auch, weil er sich nicht sicher war, ob er einem schusseligen Sensenmann wirklich vertrauen konnte.

»Na fein, alter Freund«, war Dr Seymore schließlich einverstanden. »Und dass du mir keine meiner Pillen selbst schluckst. Ich habe dir zehn Stück zur Verwahrung gegeben. Die will ich alle wieder zurückhaben. Jede einzelne. Verstanden?«

Harold lachte. »Selbst nehmen? Ich sagte doch, ich bin tot.«

»Auch wieder wahr. Entschuldige, das vergesse ich immer. Vermutlich, weil du immer noch derselbe schräge Vogel wie damals bist.« Jetzt lachte Seymore, dann kam er näher und schlang seine Arme um Harolds knochigen Körper. »Pass auf dich auf, Harold.«

Das war das Letzte, was Dr Seymore sagte. Ohne eine Antwort abzuwarten, machte er kehrt, stahl sich aus der Bahnhofshalle und verschwand in der Dunkelheit.

Das Winterurlaub-Alibi

Liebe Tante Sharon, lieber Onkel Archibald«, krähte Vincent lautstark, als Otto am selben Abend die Eingangstür öffnete und seine Winterjacke am Garderobenhaken befestigte. »Wie oft denn noch? Weil ihr ja doch schon ziemlich alt seid, zumindest in Menschenjahren, will ich noch mal versuchen, es euch zu verklickern. Es war eine Party! P.A.R.T.Y! Da kann man nicht nach einer Stunde schon wieder abrauschen. Vor allem nicht bei einem klasse Büfett.«

Tante Sharon brummte verärgert. Mit verschränkten Armen saß sie auf einem Esszimmerstuhl und funkelte Vincent böse an, der von der Vorhangstange baumelte. So sauer hatte Otto seine Tante selten gesehen.

Onkel Archibald schnaubte. »Vincent, verstehst du eigentlich, welches Risiko wir auf uns genommen ha-

ben, um dich zurückzuholen? Wenn das SBI dahintergekommen wäre, dass Tante Sharon sich unerlaubt im Jenseits –«

»Ist es aber nicht, okay? Ist ja alles noch mal gut ausgegangen«, blökte Vincent frech zurück. Als er Otto in der Tür entdeckte, fügte er hinzu: »Hey, Otto, komm mal her und greif deinem Kumpel etwas unter die Fledermausarme! Deine Alten machen nämlich kräftig Stress hier! Bloß weil mein spontaner Kurztrip ins Jenseits ein bisschen länger als geplant gedauert hat.«

»Otto! Gut, dass du endlich wieder da bist!« Tante Sharon war aufgestanden und stemmte die Arme in die Hüften. »Stell dir vor, dein rotzfreches Haustier war gar nicht im Jenseits verschollen. Es hat sich klammheimlich auf eine Party geschlichen.«

»Genauer gesagt war es eine Hochzeitsfeier!«, korrigierte Vincent. »Mein Cousin hat geheiratet! Auf dem Dachboden des SBI! Das kommt doch wirklich nicht alle Tage vor.«

»Hochzeitsfeier hin oder her.« Auch Onkel Archibald schien nicht besonders gute Laune zu haben. »Deine Tante und ich mussten uns verkleidet ins SBI schleichen, um Vincent zurück ins Diesseits zu bringen!«

»Ins Diesseits zu bringen? Gekidnappt habt ihr mich!«, brüllte Vincent theatralisch. »Brutalst entführt, aus dem Kreise meiner Lieben!«

Otto seufzte. Einerseits war er erleichtert, dass Vincents ungeplanter Ausflug ins Jenseits ohne größere Pannen verlaufen und ihm nichts zugestoßen war. Andererseits war es nicht gerade toll, dass Tante Sharon und Onkel Archibald dabei ein großes Risiko auf sich genommen hatten. Vielleicht hätten besser er und Scary Harry ins Jenseits reisen sollen, um den beiden zu helfen – anstatt den Abend im Kino zu verbringen.

»Lasst uns nicht länger streiten. Vincent, du hättest wirklich mal Bescheid geben können, dass es dir gut geht«, mahnte Otto sein Haustier. »Wir haben uns alle Sorgen gemacht.«

»Ja, ja, schon klar!« Er schnaufte. »Aber Otto, wenn ich's dir sage: Dieses orangefarbene Licht in der Schneekugel ist echt der Hammer. Es fühlt sich so an, als würden einen tausend kleine Schmetterlinge kitzeln, und dann geht es einfach … *blobb* … und man taucht im Jenseits auf!«

Im Jenseits. Vincents Worte erinnerten Otto daran, dass es zwar ziemlich cool war, dass die Snowbyte 6S ein eigenes Jenseitsportal erzeugen konnte – trotzdem waren sie in Sachen Qualcatraz immer noch keinen Schritt weitergekommen.

»Onkel Archibald, denkst du, wir können das Portal auch nach Qualcatraz legen? Oder es zumindest ausprobieren?«, erkundigte sich Otto.

An Onkel Archibalds Seufzer erkannte er, dass das nicht so einfach zu sein schien. »Nun, möglich wäre es. Wir werden nur so einige Versuche starten müssen. Mehrere Anläufe. Vielleicht mit … einem Testobjekt. Einem Ball. Oder einer Puppe –«

»Oder einer Fledermaus«, entfuhr es Tante Sharon. »Wenn Otto und Archie ein Portal nach Qualcatraz legen, wirst du, Vincent, als Testobjekt herhalten, ist das klar? Das bist du uns nach dieser Aktion schuldig!«

Vor Schreck blieb Vincent der Mund offen stehen. »Wartet mal! Seid ihr *irre*? Hat euch die Jenseitsluft die Gehirnwindungen durchgebrannt? Ihr wollt mich absichtlich nach Qualcatraz schicken? Zu Forschungszwecken?«

Onkel Archibald hob die Schultern. »Warum nicht? Denk nur mal an Dolly, das geklonte Schaf. Oder an Laika, die erste Hündin im All. Diese Tiere haben im Namen der Wissenschaft Berühmtheit erlangt. Bei dir könnte es genauso sein.«

»Hm.« Vincent verschränkte die Arme und schaukelte auf der Vorhangstange hin und her. »Mein Bild in einer Enzyklopädie zum Thema Reisen in Zwischenwelten. Ich sehe den Text schon vor meinem geistigen Auge: *Die mutige, 327 Jahre alte, aber trotzdem noch äußerst attraktive Halb-Geisterfledermaus Vincent hat dank ihrer tollkühnen Reise in die äußerst gefährliche Zwischenwelt Qualca-*

traz Pionierstatus erlangt. Alle weiteren dämlichen Tiere, die ihr nachfolgten, konnten ihr niemals das Wasser reichen.«

»Schon möglich, Vincent«, lachte Onkel Archibald. »Das heißt, du hilfst uns?«

»Ahh, na fein, für Ruhm und Ehre tue ich alles.« Er grinste und zeigte dabei seine spitzen Fledermauszähne. »Und natürlich, um Ottos Eltern hinter den schwedischen Gardinen hervorzuholen, selbstredend!«

Otto seufzte erleichtert. In ihrer Villa war endlich wieder Frieden eingekehrt, Vincent war zurück im Diesseits und Onkel Archibald hatte vor, alles zu geben, um ein Portal nach Qualcatraz zu legen. Außerdem waren es nur mehr vier Tage bis Weihnachten. Und er hatte noch nicht mal alle Geschenke verpackt!

Gerade als Otto die Treppe hoch zu seinem Zimmer nehmen wollte, um sich um die Weihnachtspäckchen zu kümmern, klingelte es an der Tür. Mehr noch als das. Jemand da draußen drückte unaufhörlich auf den Klingelknopf, als ginge es um Leben und Tod.

»Ja, ja, ich komme ja schon«, maulte Onkel Archibald und warf einen Blick auf die antike Pendeluhr im Wohnzimmer. 22 Uhr 45. Eigentlich schon viel zu spät für Spontanbesuche. »Was ist denn so dringend, dass es nicht bis morgen früh warten … *Albert*? Wie siehst du denn aus?«

Albert war hier? Otto machte kehrt, lief zur Tür und spähte hinter Onkel Archibald über die Türschwelle. Vor der Tür stand tatsächlich Albert, die Haare zerzaust, die Brille beschlagen, die Klamotten durchnässt vom Schnee. Er sah aus, als wäre er stundenlang in der Kälte unterwegs gewesen.

»Versuchen Sie gar nicht erst, mich abzuwimmeln, Archibald«, brummte Albert und drängte sich in den Flur. »Ich will Antworten. Und zwar sofort.«

Niemand sagte auch nur ein Wort. Tante Sharon und Onkel Archibald guckten Albert unsicher an, Nelson begann zu fauchen und Vincent versteckte sich schnell hinter den Gardinen.

»Antworten?« Otto beschloss, sich dumm zu stellen. »Wovon sprichst du, Albert?«

»Davon, dass es gar keine Chilenischen Geister-Riesen-Warzenmeerschweinchen gibt!«, rief Albert. »Ich habe alle städtischen Büchereien durchsucht, danach bin ich auch noch mal in die Schule gefahren und habe im Internet recherchiert. Sie haben mich absichtlich in die Irre geführt, Archibald.«

»Oje, oje!« Onkel Archibald fasste sich an die Stirn. »Sagte ich Chilenische Geister-Riesen-Warzenmeerschweinchen? Ich meinte … Peruanische Warzenkrokodile! Tut mir echt leid, ich bringe die beiden Gattungen immer durcheinander.«

»Genug mit dem Blödsinn!« Albert ließ sich nicht täuschen. »Sie haben mich bloß weggeschickt, damit ich nicht mehr aufdecke. Über den Geist. Den fetten Typen mit der Glatze und dem runden Hut –«

»Glatze? GLATZE?«

Otto musste sich die Ohren zuhalten, so laut, wie Sir Tony plötzlich schrie, was vermutlich ziemlich doof aussah, weil Sir Tony ja von niemandem sonst gehört werden konnte.

»Das ist erblich bedingter, kreisrunder Haarausfall. Von einer Glatze bin ich noch meilenweit entfernt, Schlaumeier! Nur damit das klar ist!« Der Geist schnaubte. »Und selbst *wenn* ich zur Glatzenbildung neigen würde! Glatzen sind total in! Bruce Willis hat auch eine Glatze! Und niemand würde sich je über den lustig machen!«

»Fetter Typ mit dem runden Hut?«, wiederholte Onkel Archibald und lachte. »Albert, hörst du eigentlich, was du da gerade sagst? Wir und ein Geist, genau hier, in unserer Villa? Glaubst du nicht, Sharon, Otto und ich hätten das längst mitbekommen?«

Albert schwieg und schien angestrengt nachzudenken, während ein stetiges, immer lauter werdendes Piepen aus seinem Rucksack drang. »Und warum schlägt dann mein Geistersensor jedes Mal aus, wenn ich hier bin?«, wollte er wissen und zog das alte Handy mit den vielen Drähten aus dem Rucksack. »Jetzt schlägt der Sensor so heftig an wie noch nie! Dieses Haus hier … muss zum Bersten voll mit Geistern sein!«

»Punktlandung! Hier passiert so einiges, was unerklärlich ist«, erklärte Bert zufrieden, der neben Sir Tony aufgetaucht war. »Und übrigens, ja, mein Junge. Tony hat 'ne Glatze! Er will es nur nicht wahrhaben!«

»Mein Gott, Bert, hör doch auf, Tony ständig zu provozieren«, befand Molly und spielte mit einer ihrer Haarsträhnen. »Das ist nicht gut für seinen Blutdruck!«

Bert hob die Augenbrauen. »Blutdruck? Was für Blut fließt denn bitte schön in Tonys Adern?«

»Früher sogar blaues, ihr respektlosen, unhöflichen Taugenichtse!«, schrie Sir Tony so laut, dass die Wände

wackelten und das Gemälde über dem Schuhregal in Schieflage geriet. Alberts Geistersensor legte noch eins drauf und piepte jetzt so penetrant, dass lediglich ein Dauerton zu hören war.

»Ich will die Brille noch mal aufsetzen!«, forderte Albert. »Und zwar sofort! Sonst erzähle ich allen in der Stadt, dass hier ein Geist sein Unwesen treibt! Und dann könnt ihr sicher sein, dass schon morgen früh drei Fernsehsender vor eurem Haus dauerparken, nur damit das klar ist!«

»Archie, tu es nicht!«, rief Tante Sharon. »Der Junge blufft doch nur.«

Albert grinste hinterhältig. »Und was, wenn nicht?«

»Okay, okay, genug jetzt!« Onkel Archibald seufzte und ließ sich müde auf die Treppe fallen. »Albert, wenn du versprichst, nichts zu sagen, dann stellen wir dir Sir Tony vor. Aber nur Sir Tony, hast du verstanden?«

Alberts Augen wurden plötzlich riesig. »Gibt es etwa noch mehr Geister?«

Aber natürlich. Es gab außerdem noch eine sprechende Fledermaus, einen Seelen einfangenden Sensenmann und einen telenovelasüchtigen Hausgeist in Madame Olgas Haus gegenüber. Aber das hätte Alberts Vorstellungskraft bestimmt überstiegen.

»Ähm ... fangen wir doch mal mit Sir Tony an!«, antwortete Onkel Archibald angestrengt, griff in seine Brusttasche und zog die Geisterbrille heraus. Er zögerte. »Und du versprichst, kein Sterbenswörtchen zu verraten?«

Albert überlegte. »Aber nur, wenn Sie mich an Ihren Forschungen mitarbeiten lassen.«

Onkel Archibald grinste überlegen. »Das hab ich doch schon. Und? Hast du mir die Unterlagen beschafft, um die ich dich gebeten habe? Nein!«

»An den *echten* Forschungen.«

Onkel Archibald seufzte. »Aber du bist noch ein Kind, vieles davon wäre dir bestimmt zu kompliziert –«

»*Au contraire!*« Albert hob den Zeigefinger. »Ich bin zwar erst zwölf, aber ich konnte mit vier Jahren schon lesen und schreiben. Seit meinem achten Lebensjahr lerne ich außerdem –«

»Griechisch und Latein«, vervollständigte Otto genervt. »Das hast du längst erwähnt, Albert.«

Nun wollte Albert also nicht nur Sir Tony kennenlernen, sondern auch gemeinsam mit Onkel Archibald forschen? Gerade jetzt, wo sie kurz davor waren, ein Portal nach Qualcatraz zu legen? Albert durfte auf keinen Fall davon erfahren. Wenn er in Ottos Zimmer herumschnüffelte und sich unerlaubt an der Schneekugel zu schaffen machte, gefährdete er womöglich noch den ganzen Plan.

»Natürlich kannst du meinem Onkel helfen. Aber erst müssen wir noch ein ganz wichtiges altes Projekt beenden«, erklärte Otto und hob bedauernd die Schultern. »Danach … ähm … finden wir schon eine Aufgabe für dich!«

»Aber ich will euch dabei helfen. Bei dem superwichtigen alten Projekt!«

»Ach Quatsch, das ist doch total langweilig«, winkte Otto ab.

Onkel Archibald zwinkerte Otto zu. »Langweilig und überhaupt nicht spannend. Schlimmer als Mathe.«

»Aber ich finde Mathe toll!«

»Außerdem arbeiten wir nicht hier an dem Projekt, somit kannst du uns leider gar nicht helfen. Wir müssen dazu nach … äh … Österreich!«

»Nach Österreich?« Albert sah verdutzt aus.

»Jawohl. In die Alpen«, flunkerte Tante Sharon. »Wir fahren in die Berge, gleich nach Weihnachten. Forschungsurlaub. Für zwei ganze Wochen. Erst danach sind wir wieder da, du wirst dich also gedulden müssen, mein Junge.«

Albert wirkte enttäuscht. »Na gut, ich warte. Aber wehe, ich komme dahinter, dass ihr mich angeschwindelt habt. Und jetzt her mit der Brille!«

Widerwillig überreichte Onkel Archibald Albert die Geisterbrille. »Hier ist sie. Aber versuche, zwei Dinge zu beachten: Erstens, schrei nicht so laut wie am Vormittag. Du hast dich angehört wie meine Großtante.«

»Okay, okay«, murmelte Albert und wurde etwas rot. Seine Hand zitterte leicht, als er die Brille entgegennahm. »Und zweitens?«

»Zweitens ist fast noch wichtiger. Sei vor allen Dingen nett zu ihm. Unser Sir Tony kann manchmal eine echte Diva sein.«

Rockos Geheimnis

»Ich kann kaum glauben, dass wir in Urlaub fahren!«, erzählte Otto Harold auf dem Heimweg von der Schule. Heute war der letzte Schultag vor den Weihnachtsferien gewesen, aber nicht nur deshalb hatte Otto richtig gute Laune. Der Gedanke, dass Tante Sharon und Onkel Archibald tatsächlich mit ihm wegfliegen wollten, ließ ihn regelrechte Luftsprünge machen. Harold hatte ihn von der Schule abgeholt und nun schlenderten die beiden gemeinsam durch die weihnachtlich dekorierte Stadt. Entlang der Straße reihten sich Läden, die mit hübsch verpackten Weihnachtsgeschenken warben.

»Du meinst, deine Tante Sharon und dein Onkel Archibald ziehen den Bluff wirklich durch? Ihr verduftet, bevor euch Mr Brillenschlange weiter auf die Pelle rückt?«, fragte Harold und schulterte sein Schmetterlingsnetz.

»Ja. Sir Tony und Albert haben neulich zwar nur zwei Sätze miteinander gewechselt, weil Tony immer noch stinksauer auf Albert war. Doch die Bekanntschaft mit einem echten Geist hat natürlich erst recht dafür gesorgt, dass Albert jetzt unbedingt an Onkel Archies Forschungen mitarbeiten will. Deshalb müssen wir bald verduften, bevor es mit Albert noch anstrengender wird!«

»Und wann fahrt ihr los?«, wollte Harold wissen.

»Gleich nach den Feiertagen. Ich kann es kaum erwarten, endlich aus England wegzukommen. Und das Beste ist, dass Emily und ihre Eltern uns begleiten werden. Die gehen nämlich sowieso jedes Jahr Ski fahren und kennen die Pisten in Österreich schon in- und auswendig.« Otto grinste. »Aber keine Sorge, am Freitag sind wir natürlich noch da.«

Harold blieb stehen und sah Otto verwirrt an. »So? Was ist denn am Freitag?«

Otto fasste sich an die Stirn. Er konnte nicht glauben, dass Harold die Sache tatsächlich verschwitzt hatte. »Doktor Seymore hat recht. Du *bist* der schusseligste Typ zwischen Dies- und Jenseits.«

»Ach so, das! Ich weiß schon, was du meinst.« Harold lachte verlegen, drehte sich weg und guckte sich die weihnachtlich dekorierten Schaufenster an. »Schau mal hier, Otto. Ein echtes Seidentaschentuch aus Kaschmir. Für den eleganten englischen Gentleman von Welt, bestickt mit den eigenen Initialen«, las er die Auslagentafel. »Das würde sicher toll an meiner Kutte aussehen, wenn ich denn eine Verwendung dafür hätte. Ohne Nase fällt Schnäuzen leider flach.«

»Weich nicht aus, Harold«, mahnte ihn Otto. »Sag es mir frei heraus: Hast du Doktor Seymores Pillen etwa verloren?«

Harold verdrehte genervt die Augen. »Otto, Otto, Otto, denkst du etwa, ich sei ein hirnloser Trottel? Die Pillen liegen seit Tagen sicher in meiner Bude … Oder habe ich sie vielleicht doch im Auto liegen lassen? Eventuell kullern sie auch irgendwo in meinem Spind beim SBI –«

»Harold!«

»War nur ein Scherz!« Harold lachte. »Keine Sorge, ich habe die Pillen sicher versteckt. Außerdem will ich den armen Doktor Seymore nicht quälen. Er leidet an schlimmem Verfolgungswahn und hat außerdem schon genug mitgemacht, wenn man bedenkt, dass der Typ seit dem 15. Jahrhundert am Leben ist. Was der alles miterlebt haben muss. Die Pest, die Hexenverfolgung, die Weltkriege, den Ausbruch aus Qualcatraz –«

Otto blieb stehen. »Was hast du da gesagt?«

»Na, sein Ausbruch aus Qualcatraz. Doktor Seymore hat uns doch am Bahnhof erzählt, dass er eine Zeit lang im Gefängnis festgesessen hat. Die Tatsache, dass er es jetzt nicht mehr tut, ließ mich vermuten, dass er nur ausgebrochen sein kann.« Er zuckte mit den Schultern. »Das war meine logische Schlussfolgerung.«

Otto konnte kaum glauben, was er da hörte. Auch wenn Harold sich manchmal absichtlich dumm stellte, so wie vorhin – an manchen Tagen war sein knochiger Kumpel geradezu genial. Warum hatte er nicht schon früher diesen Rückschluss gezogen? Hatte Otto selbst Dr Seymore etwa nur mit einem Ohr zugehört?

»Harold!« Vor lauter Aufregung wurde Ottos Stimme immer lauter und bestimmt musste es für die anderen Leute in der Fußgängerzone total dämlich aussehen, dass er Gespräche mit einem Unsichtbaren führte. Aber das kümmerte Otto gerade nicht. »Weißt du, was das bedeutet?«

Harold gab ein lautes Lachen von sich. »Dass ich ein Genie bin?«

»Na ja …« Otto grinste frech. »Zumindest, dass es einen Weg aus Qualcatraz gibt. Geben muss. Wir müssen Doktor Seymore finden und ihn danach fragen. Und zwar sofort!«

Harold zögerte. »Und wie stellst du dir das vor? Der Doc könnte überall sein. Er sagte doch, er wolle sich um irgendwelche Verfolger kümmern.«

Otto kaute angestrengt auf seiner Lippe. »Mist! Du hast natürlich recht. Bis wir ihn im Kino wiedersehen, sind es noch vier ganze Tage.«

Harold tätschelte Ottos Schulter. »Otto, du hast es bereits sehr viel länger als vier ganze Tage ohne deine Eltern ausgehalten. Die Zeit bis zum Wiedersehen mit Doktor Seymore werden wir auch noch abwarten können. Das schaffst du schon. Außerdem ist übermorgen doch Weihnachten.«

»Wuhuuui, endlich Weihnachten«, krähte Vincent, der gut gelaunt über Ottos Haarschopf seine Kreise zog.

Auf seinem haarigen Kopf steckte etwas, das aussah wie eine dunkelgrüne samtige Zipfelmütze für Weihnachtselfen. »Ich bin schon total in Weihnachtsstimmung, Leute. Das Tiergeschäft dort drüben verkauft richtig knuffige Verkleidungen für Vierbeiner. Kann man übrigens auch super für Fledermäuse verwenden.«

»Herrgott, Vincent, ich dachte, du kommst gar nicht mehr zurück!«, zischte Otto, schnappte sich die Fledermaus und steckte sie unauffällig in seine Jackentasche. »Musst du unbedingt am überfülltesten Einkaufstag des Jahres als verkleidete sprechende Fledermaus Aufsehen erregen?«

Vincent krabbelte aus der Tasche an Ottos Pulli hoch bis zu seinem Kragen. »Spricht man so mit seiner Lieblingsfledermaus?«, murrte er und tat, als wäre er eingeschnappt. »An Weihnachten feiern wir Jahrestag, schon vergessen? Den Tag, an dem wir uns kennengelernt haben. Hach, das fühlt sich an, als wäre es Ewigkeiten her.«

Otto musste kichern. Ja es war tatsächlich schon ein Weilchen her, seit Vincent in der Weihnachtsnacht zwei Einbrecher in die Flucht geschlagen und sich danach in Ottos Kleiderschrank breitgemacht hatte. Er durfte nicht vergessen, ihm etwas zum Jahrestag zu schenken. Ein paar Heuschrecken oder so.

»Meine Güte, die sprechende Flugratte ist heute vielleicht wieder nervig drauf. Das liegt sicher immer noch am Zuckerschub von den vielen Leckereien, die Vincent auf der Hochzeit seines Cousins verdrückt hat«, vermutete Harold und kicherte. »So viel Energie könnte ich auch gut gebrauchen. Mit der Seelenjagd geht es nämlich äußerst mühsam voran.«

»Ist es immer noch die bunt gekleidete Sensenfrau«, riet Otto, »die dir das Leben schwer macht?«

»Und ich bin es nicht allein, der darunter zu leiden hat. Auf die Gute ist nun sogar eine Belohnung ausgesetzt. Sieh nur.« Harold kramte in seiner Tasche und drückte Otto ein Flugblatt in die Hand. Es sah ein bisschen so aus wie die, die Otto aus alten Westernfilmen kannte.

WANTED!

TOT ODER MAUSETOT!

GESUCHT WIRD EINE PERSON,
WEIBLICH, IM ALTERSBEREICH ZWISCHEN
GESCHÄTZTEN 30 UND 300 JAHREN,
MIT DER MÖGLICHEN FÄHIGKEIT, SEELEN
ZURÜCK IN MENSCHLICHE KÖRPER ZU
BEFÖRDERN UND VERSTORBENE
DADURCH WIEDERZUBELEBEN.
DIESE PERSON BEEINTRÄCHTIGT DIE
ARBEIT DES SBI AUF ENORME WEISE
UND MUSS SCHNELLSTMÖGLICH
AUS DEM VERKEHR GEZOGEN WERDEN.

Auf der Rückseite war ein Foto zu sehen, welches der Frau in Mrs Sandringhams Villa sehr ähnlich sah. Die Aufnahme schien von einer Überwachungskamera zu stammen, war ziemlich unscharf und außerdem nur von hinten aufgenommen. Aber man erkannte die langen schwarzen Haare und den bunten Umhang der mysteriösen Frau.

»Oje, oje.« Otto reichte Harold das Fahndungsblatt zurück. »Also ist das SBI mit seinen Recherchen über die Frau immer noch kein Stückchen weitergekommen?«

»Nö. Dabei arbeiten sie rund um die Uhr an der Sache. Aber falls du etwas weißt … das SBI hat 10.000 Jenseits-Pfund als Belohnung festgesetzt.« Harold zwinkerte ihm zu. »Das ist eine ordentliche Stange Geld.«

»Mit der ich mir hier noch nicht mal eine läppische Fledermaus-Elfenmütze kaufen kann«, ergänzte Otto. Jenseits-Pfund waren im Diesseits in etwa so wertvoll wie Monopoly-Geld. Es gab ja noch nicht mal eine Bank hier, die die Scheine umtauschte. »Sag mal, wann hast du eigentlich die letzte Seele eingefangen?«

Harold winkte ab. »Frag lieber nicht, Otto. Gestern hatte ich es beinahe geschafft. Stell dir vor, das Ding leuchtete schon grellorange und war fast zu groß für mein Gurkenglas. Und dann kam wieder mal diese bunte Schnepfe daher, verpasste mir einen Rempler und wollte sich die Seele schnappen. Aber zum Glück hat auch sie

sie nicht erwischt und deshalb ist dieses glühende Ding immer noch auf freiem Fuß –«

»Grellorange sagtest du?«, erkundigte sich Otto.

»Jup.«

»Und groß? Fast zu groß für ein Gurkenglas?«

Harold schnaubte. »Ja. Hast du mir etwa nicht zugehört –«

»Ich glaube, das ist sie!« Otto deutete auf eine Glastür, die in einen Supermarkt führte. »Da! Die Seele ist gerade hinter einer Kundin nach drinnen verschwunden.«

»Was?« Harold machte einen Sprung, zückte sein Schmetterlingsnetz und sah dabei aus wie ein Samurai-Krieger. »Wo?«

»Keine Ahnung. Aber weit kann sie nicht gekommen sein. Es gibt nur einen Ausgang aus dem Supermarkt.«

»Alles klar! Dann nichts wie rein!«, rief Harold, doch dann hielt er an und gab Otto den Vortritt. »Otto, geh voran, dann öffnet sich die automatische Tür. Ich bin im Unsichtbar-Modus.«

Otto betrat den Supermarkt, während Harold ihm voller Tatendrang folgte.

»Okay, Otto. Wir teilen uns auf. Du überprüfst die Wurst- und Käsetheke, ich gucke mich beim Obst und Gemüse um. Wenn einer die Seele gefunden hat, schreit er ganz laut ein Codewort, damit der andere weiß, dass er die Suche beenden kann.«

Otto runzelte die Stirn. »Und welches Codewort?«

»Hmm … wie wäre es mit … ›Überfall‹?«

Otto brummte. Das war ja wohl die dämlichste Idee des Jahres. »Fällt dir kein besseres Codewort ein?«

»War ja nur ein Scherz. Ruf einfach meinen Namen, okay? Und suche gründlich. Manche Seelen finden es witzig, sich vor mir zu verstecken. Die dazugehörigen Menschen waren wohl auch Zeit ihres Lebens Scherzkekse.« Harold verdrehte die Augen, klopfte Otto auf die Schulter und war schon hinter der nächsten Regalreihe verschwunden.

Uff. Otto sah sich um, unschlüssig, wo er mit der Suche nach der Seele beginnen sollte. Der Supermarkt war gut besucht und wegen der drängelnden Leute und vielen Einkaufswagen konnte man sich kaum vorwärtsbewegen. Warum hatte die Seele ausgerechnet hierhin flüchten müssen? Oder hatte sie das mit Absicht gemacht, um Harold zu ärgern?

Otto überprüfte die Wurst- und Käsetheke, spähte hinter die Vitrinen, prüfte die Regale, doch von der Seele fehlte jede Spur. Er wollte gerade um die Ecke biegen und sich die Süßigkeitenabteilung vornehmen, da entdeckte er in der Menge der Supermarktbesucher ein bekanntes Gesicht. Das war doch Rocko, Madame Olgas neuer Freund. Wie neulich bei ihnen zu Hause trug er auch heute leicht schmuddelige, nicht zusammenpassende bunte Kleidung und eine grün-gelbe Rastamütze.

»Hey, Rocko!«, begrüßte ihn Otto. Auf ein Schwätzchen mit dem Typen konnte er zwar getrost verzichten, aber der Höflichkeit halber würde Otto nicht grußlos an ihm vorübergehen. Sonst petzte Rocko vielleicht noch bei Tante Sharon.

Doch Rocko dachte nicht daran, Otto zu begrüßen, ganz im Gegenteil. Er starrte Otto einen Moment lang erschrocken an und verschwand dann schnurstracks um die nächste Ecke.

Pah. Otto glaubte, seinen Augen nicht zu trauen. Offensichtlich war dieser Kerl aus Jamaika nicht nur ein mysteriöser Hochstapler, sondern auch noch absolut unhöflich. Wieso sonst war er in Windeseile vor ihm geflüchtet?

Otto überlegte gerade, wie er Madame Olga am besten verklickern konnte, sich lieber einen neuen Freund zu suchen, da hörte er Harolds Stimme vom anderen Ende des Supermarkts.

»Seelenalarm! Otto, schnell, hier! Leg mal einen Zahn zu!«

Otto folgte Harolds Stimme bis in die Obstabteilung. Als er die letzte Kurve genommen hatte, entdeckte er Harold, der hinter einem Regal mit Konservenobst kauerte. Harold griff nach Ottos Sweater und zog ihn zu sich.

»Vorsicht, Otto. Die Seele hat sich versteckt«, wisperte Harold und deutete mit dem Kinn am Regal vorbei. »Siehst du sie?«

Otto ließ seinen Blick über die Obstabteilung gleiten. Links hinten befand sich ein Korb mit frischer Ananas, außerdem gab es eine Menge Äpfel und ganz links hatte jemand einen riesigen Turm aus Orangen gebaut, der fast bis zur Decke reichte. »Nö. Wo soll sie denn sein?«

»Na da! Sie versteckt sich bei den Orangen.« Harold deutete auf das große Orangenbauwerk. »Die hält sich wohl für besonders schlau. Aber ich krieg das Ding, darauf kannst du dich verlassen. Bist du startklar?«

»Startklar wofür?«, fragte Otto, doch das schien Harold gar nicht gehört zu haben. Stattdessen krabbelte Harold hinter dem Regal hervor und stürmte auf den Orangenberg zu, sein Netz in den Händen.

Doch damit war er nicht der Einzige. Eine zweite Person rannte quer durch den Supermarkt auf den Orangenturm zu, die Seele fest im Blick. Jemand, von dem Otto es nie im Leben erwartet hätte.

Rocko. Und nicht nur das – während seines Sprints durch die Menschenmenge fiel ihm plötzlich die gehäkelte Rastamütze vom Kopf. Schwarze, dichte lange Haare wehten um sein Gesicht und Otto musste gar nicht lange nachdenken, um zu wissen, woher er diese langen Haare kannte.

Die mysteriöse Frau, die Otto für eine verkleidete Sensenfrau gehalten hatte. Die, nach der das SBI fahndete. Und die offenbar gar keine Frau war. Sondern ein Mann, nur eben mit langer Mähne. Ein jamaikanischer Wunderheiler namens Rocko.

Der offenbar genau wie Harold vorhatte, sich die Seele zwischen den Orangen zu schnappen. Und der kurz vorm Ziel über eine Kiste mit Äpfeln stolperte, das Gleichgewicht verlor und Hals über Kopf in den Orangenberg krachte. Die Seele flatterte Richtung Decke davon und Hunderte von Orangen kullerten über den Supermarktboden, auf dem jetzt auch Rocko lag und vor Schmerzen stöhnte.

»Was zur –« Harold baute sich vor dem Wunderheiler auf. »Du Trottel hast meine Seele verscheucht. Und noch dazu bist du gar keine Frau!«

»Frau?« Rocko lachte und fegte sich die Haare aus dem Gesicht. »Nein, da muss ich dich leider enttäuschen. Otto, magst du mich nicht deinem knochigen Kumpel vorstellen? Freut mich echt, dich kennenzulernen.«

Harold starrte Otto an. »Du *kennst* diesen Vogel?«

Otto lächelte verlegen. »Äh, ja. Aber Harold, ich wusste nicht, wer er wirklich ist.«

»Ach, vergessen wir doch die Seele, die findet sich schon wieder.« Rocko streckte Harold die Hand entgegen. »Ich bin Rocko. Komm, Sensenmann, lass uns irgendwo einen Cocktail schlürfen. Außerdem gefällt mir deine Kutte. Echt schick, ich wünschte, mir würde so etwas stehen. Aber dafür bin ich eindeutig zu klein. Bei mir würde die Kutte aussehen wie ein schräges Brautkleid in Schwarz. No, no, geht gar nicht.«

Harold warf Otto einen vielsagenden Blick zu. Offenbar dachte er ähnlich wie Otto: Rocko hatte einen an der Waffel. »Einen Cocktail schlürfen? Wir sind Erzfeinde. *Erzfeinde!* Soll ich dir das buchstabieren? Du boykottierst immerhin meine Arbeit. Meine Lebensgrundlage.«

»Lebensgrundlage?« Rocko grinste und zwirbelte eine seiner langen Haarsträhnen. »Du bist doch schon tot, Kumpel.«

Das schien Harold nicht gelten zu lassen. »Na und? Erstens bin ich nicht dein Kumpel und zweitens muss man als Toter ja auch von irgendetwas leben. Ach ja, und drittens sucht das SBI nach dir. Auf deinen Kopf ist wegen Sabotage sogar eine saftige Belohnung ausgesetzt.«

Rocko lachte nur und setzte sich die bunte Rastamütze wieder auf. »Sabotage? Wie kann es denn Sabotage sein, wenn man Menschen wiederbelebt? Außerdem funktioniert es ja nur ein einziges Mal. Danach bin auch ich –«

»Sir, waren Sie das etwa?« Bevor Rocko zu Ende sprechen konnte, war ein Supermarktmitarbeiter neben dem

zerstörten Orangenturm aufgetaucht. Er war deutlich älter als die anderen Angestellten und schien so etwas wie der Marktmanager zu sein. »Haben Sie das hier angerichtet?«

»Das Chaos mit den Orangen ist nicht meine Schuld«, verteidigte sich Rocko und deutete anklagend auf Harold. »Schuld ist der Sensenmann da. Hätte er es nicht auf meine Seele abgesehen gehabt, hätte ich mich gar nicht so beeilen müssen.« Er schenkte Harold ein breites Lächeln. »Aber ich verzeihe ihm. Er scheint trotz allem ein ziemlich cooler Typ zu sein. Und seine verschiedenfarbigen Turnschuhe sind echt der Hammer, das wird bestimmt zum Trend!«

Der Supermarktmitarbeiter guckte ratlos zu der Stelle, auf der Harold stand. »Sensenmann? Hä? Ich verstehe nicht –«

»Unsichtbar-Modus, haha!«, feixte Harold da und schnitt eine Grimasse.

»Entschuldigen Sie bitte«, mischte sich Otto ein und nahm Rocko an der Hand. »Mein Onkel Rocko hier ist ein klein wenig verwirrt. Er hat hohes Fieber und … spricht … ähm … im Fieberwahn. Deshalb ist ihm auch das kleine Missgeschick mit den Orangen passiert.«

Der Supermarktmitarbeiter brummte. »Ihr zwei werdet aber alle Orangen einsammeln, habt ihr gehört?«

Otto nickte und atmete tief durch, als eine Durchsage

ertönte und der Supermarktmitarbeiter an die Kasse gerufen wurde. Wenigstens hatte der Typ nicht die Polizei gerufen. Oder jemanden von der Klapse, weil Rocko ganz offensichtlich stumpfsinniges Zeug laberte.

»So, wir gehen jetzt besser«, beschloss Otto. Harold und Rocko benahmen sich echt kindisch. Wenn Otto nicht da gewesen wäre und die kleine Lüge erfunden hätte, wäre das nicht so glimpflich verlaufen.

»Aber was ist mit der Seele?«, wollte Harold wissen.

Otto brummte genervt und drückte Harold eine Orange in die Hand. Langsam reichte es ihm – er würde jetzt ganz sicher nicht noch mal durch den vollen Supermarkt laufen, auf der Suche nach einer Seele, die mit Vorliebe Verstecken spielte. »Steck doch eine Orange ins Gurkenglas. Vielleicht lässt sich das SBI ja täuschen.«

Merry Scary Christmas

Den 24. Dezember verbrachten Otto, Tante Sharon und Onkel Archibald damit, an der Jenseits-Schneekugel herumzubasteln. Onkel Archibald hatte die Hoffnung noch nicht aufgegeben, mit der komplizierten Snowbyte 6S doch eine Portalverbindung ins Gefängnis nach Qualcatraz herstellen zu können – auch wenn die Chancen schlecht standen.

»Wie oft denn noch, Leute?«, jammerte Vincent und verschränkte beleidigt die Flügel. »Wie oft wollt ihr mich noch ins Jenseits hin- und zurückbeamen? Langsam wird euer kleines Experiment echt mühsam!«

»Wir beamen dich so oft, bis du nicht mehr im Jenseits landest«, lautete Onkel Archibalds Antwort, während er vorsichtig die Unterseite der Schneekugel auseinanderschraubte. Bis jetzt liefen die Experimente mit der Snowbyte 6S und Vincent als Testobjekt nämlich längst nicht so erfolgreich, wie Otto sich das erhofft hatte. Auch wenn Archibald es immer wieder geschafft hatte, erfolgreich ein Portal zu öffnen und es mithilfe seines neuen Trichters sogar so weit auszudehnen, dass theoretisch ein Mensch hindurchgepasst hätte – das Portal hatte jedes Mal lediglich eine Reise ins Jenseits ermöglicht. Die Gefängnisinsel Qualcatraz blieb immer noch unerreichbar.

»Ich meine ja nur«, schimpfte Vincent weiter und lief auf Ottos Schreibtisch auf und ab. »Ihr habt mich heute schon ganze drei Mal mit dem orangefarbenen Strahl ins Jenseits geschickt. Einmal in die Kneipe *Zur Qualle*, dann in die Bäckerei *Quarktasche* … und sogar in das Haus eines Jenseitsbewohners, der den Namen Quentin Quacksalber trägt, bemitleidenswerter Kerl. Eigentlich überall hin, nur nicht nach Qualcatraz.«

»Hab noch ein bisschen Geduld, Vincent«, munterte Onkel Archibald ihn auf. »Wer weiß, vielleicht klappt's ja beim nächsten Versuch.«

»Ich glaub dir kein Wort. Hör auf, Quatsch zu quasseln.«

Onkel Archibald rollte mit den Augen. »Sehr witzig, Vincent. Mach dich lieber bereit für die nächste Reise.«

»Müsst ihr mich unbedingt so quälen, ihr querdenkenden Querulanten?«, seufzte Vincent.

»Genug jetzt. Ich kann ja auch nichts dafür, dass diese komplexe Kugel meine Befehle missversteht.« Onkel Archibald pfefferte den Schraubenschlüssel zu Boden. Verzweifelt wischte er sich mit dem Handrücken über die Stirn. »Alles, was ich will, ist, endlich eine Verbindung nach Qualcatraz herzustellen. Am besten heute! Aber jedenfalls noch, bevor wir in den Urlaub fliegen.«

»Ist schon okay, Archie.« Otto legte einen Arm um seinen Onkel. »Es muss nicht unbedingt heute sein.«

»Aber es ist Weihnachten«, seufzte Onkel Archibald.

Otto betrachtete die zerlegte Schneekugel. »Ich weiß.« Er wusste es wirklich zu schätzen, dass sich Onkel Archibald so sehr für ihn ins Zeug legte. »Aber wir werden meine Eltern schon da rausholen. Früher oder später schaffen wir es, ein Portal in ihre Gefängniszelle zu legen, und dann beamen wir sie im Nullkommanichts zurück in den Radieschenweg.«

Tante Sharon streichelte Nelson, der auf ihrem Schoß in aller Seelenruhe schlief. »Wir können die Schneekugel ja auch mit in den Urlaub nehmen. Wer weiß, vielleicht schaffen wir es ja dort, eine Verbindung ins Gefängnis aufzubauen.«

Onkel Archibald schien einverstanden. »Wir sollten sie auf jeden Fall mit in den Urlaub mitnehmen. Alleine schon für den Fall, dass deine Eltern wieder bei dir anrufen sollten, Otto.«

Ein Anruf von seinen Eltern aus der Schneekugel. Hach. Das wäre zu schön, um wahr zu sein. Bisher hatten die beiden nur ein einziges Mal angerufen und auch das war schon wieder eine ganze Weile her. Otto quälte die Vermutung, dass seine Eltern ihre Schneekugel, mit der sie damals ins Diesseits telefonieren konnten, nicht länger besaßen.

Onkel Archibald hob den Schraubenschlüssel auf und steckte ihn zurück in den Werkzeugkasten. »Wir sollten für heute Pause machen. Immerhin ist Weihnachten und ab morgen Abend sind wir sowieso auf dem Weg in den Urlaub. Hast du schon gepackt, Otto?«

»Wartet mal.« Otto glaubte, sich verhört zu haben. »Sagtest du morgen Abend, Onkel Archibald? Aber morgen ist Freitag. Ich dachte, der Flieger nach Österreich gehe erst Samstag früh.«

»Nein. Er geht schon Freitagabend.« Tante Sharon betrachtete Otto aufmerksam. »Warum guckst du so schockiert, Otto? Sag schon, was ist wieder los?«

»Los? Was soll denn los sein?«, flunkerte Otto und betrachtete seine Fingernägel, um Tante Sharon nicht ins Gesicht sehen zu müssen.

Tante Sharon schnaubte. »Oh bitte! Du lebst nicht erst seit gestern unter meinem Dach, Otto. Und es vergeht kaum ein Tag, an dem du nicht etwas Geheimes ausbrütest. Und ich kenne dieses Gesicht, das du dabei machst.«

»Eins zu null für dein schlaues Tantchen, Otto«, lachte Vincent, der auf der Schreibtischkante saß. »Eiskalt erwischt.«

Otto seufzte. Wenn Tante Sharon Madame Olga Konkurrenz machen wollte und sich neuerdings für eine Hellseherin hielt, dann konnte Otto ihr auch gleich reinen Wein einschenken. »Also, es geht um diesen Typen, Doktor Seymore, der irgendwie schon richtig lange lebt, über 500 Jahre, um genau zu sein«, plapperte Otto los. »Wegen dieser geheimnisvollen Pillen mit einem Elixier darin. Wie die genau funktionieren, weiß ich aber auch nicht. Jedenfalls hat Doktor Seymore sie Harold zur Verwahrung gegeben, aber das eigentlich Wichtige an der Sache ist, dass dieser Seymore anscheinend weiß, wie man aus Qualcatraz ausbrechen kann, deshalb haben Harold und ich vor, dass wir Freitagabend –«

»Moment, Moment, Moment«, unterbrach ihn Onkel Archibald. »Ich verstehe kein einziges Wort.«

Tante Sharon richtete sich auf und Nelson sprang mit einem Satz von ihrem Schoß. »Ich verstehe sehr wohl, was hier los ist. Harold. Der Sensenmann ist wieder mal daran schuld, dass du in der Klemme steckst, nicht wahr?«

Otto riss die Augen auf. »Was? Ich stecke doch gar nicht in der –«

»Eigentlich bin ich richtig froh, dass wir wegfahren«,

erklärte Tante Sharon. »Ich weiß, dass Harold eigentlich ein netter Typ ist und ein gutes Herz hat … wobei er als untoter Sensenmann ja eigentlich kein Herz mehr hat … na ja, du weißt schon, was ich meine. Alles, was ich sagen will, ist, dass es vielleicht gar nicht so schlecht ist, wenn du die nächsten Tage ohne Harold verbringst. Nur mit uns Menschen, deiner Familie.« Tante Sharon zog die Geisterbrille aus der Brusttasche und setzte sie auf. »Während unsere drei Lieblingsgeister in der Zwischenzeit das Haus hüten, nicht wahr?«

»Zu Befehl!«, ertönte Sir Tonys Stimme, auch wenn er gerade nirgends zu sehen war. Vermutlich hockte er wieder im Staubsauger. »Den zwei Pappnasen Bert und Molly werde ich zeigen, wo der Hammer hängt!«

»Und was ist mit mir?«, meldete sich Vincent zu Wort. »Wehe, ihr vergesst mich!«

»Natürlich vergessen wir dich nicht, Vincent! Ohne dich läuft gar nichts«, versicherte Onkel Archibald und streichelte ihm über den haarigen Kopf. Der Streit von eben war offenbar schon wieder vergessen.

»Na gut! Vincent ist natürlich die Ausnahme, der gehört ja praktisch zur Familie. Ich meinte bloß, dass ich mich auf zwei Wochen ohne übersinnlichen Hokuspokus freue. Ganz ohne Gefahren, Poltergeister und Seelen in Gurkengläsern«, verkündete Tante Sharon. »Einfach zwei Wochen ohne deinen knochigen –«

»Hallo, Leute!« In diesem Moment flog die Tür zu Ottos Zimmer auf und Scary Harry stand im Türrahmen. Er trug einen schwarz-weißen Ski-Overall, einen Skihelm und balancierte außerdem ein Paar Ski auf seinen Schultern. »Merry Scary Christmas! Frohe Weihnachten, ihr Lieben. Ach, ich kann es kaum erwarten, im Höllentempo durch den Schnee zu düsen. Wusstet ihr, dass ich Zeit meines Lebens nie Ski fahren gewesen bin? Im Mittelalter war das jetzt noch nicht so der angesagte Trendsport. Stattdessen waren alle verrückt nach Schwertkämpfen, Ritterturnieren und solchem Kram. Aber jetzt ist es ja endlich so weit!«

»Kommt gar nicht infrage!« Tante Sharon stemmte die Arme in die Hüften und baute sich vor Harold auf. »Auch wenn ich zu schätzen weiß, was du alles für Otto getan hast. Aber das ist eine Familienreise, Harold. Außerdem ist in der Skihütte nicht genügend Platz.«

Harold ließ sich auf Ottos Bett fallen und vergrub den Schädel in seinen behandschuhten Händen. »Aber … aber ich habe mir extra beim SBI freigenommen. Nachdem ich Rufus Rattlebone dingfest gemacht habe, ist das kein großes Problem mehr. Ich hatte mich schon so auf den Trip gefreut.«

Tante Sharon seufzte. »Tut mir leid, Harold, aber es ist nun mal beschlossene –«

»Außerdem geht bei mir zurzeit alles drunter und

drüber«, schniefte Harold, während Otto sich fragte, ob Sensenmänner eigentlich heulen konnten. »Gundula und ich hatten gerade einen heftigen Streit. Und dann bin ich auch noch ausgeraubt worden, habe meinen Seelen-Messenger in die Badewanne fallen lassen und bin auf einer Bananenschale ausgerutscht! Unglück am laufenden Band. Mein Leben ist das totale Chaos. Oder eher das, was von meinem Leben noch übrig ist.«

Otto erstarrte. Er hatte gar nicht gewusst, dass es so schlimm um seinen Kumpel stand. Warum hatte der zuvor noch nie etwas davon erzählt?

»Das Einzige, was mich ein klein wenig aufgeheitert hätte, wäre der Urlaub gewesen. Ich habe mich schon so auf den Trip gefreut, dass ich euch sogar Weihnachtsgeschenke gekauft habe.« Harold deutete auf seine Umhängetasche. »Da drin sind neue Notizbücher für Archibald, reißfeste Jenseits-Putzlappen für Sharon und für Vincent ein echtes Elfen-Fledermauskostüm.« Er seufzte tief. »Hach, okay. Aber bitte habt kein schlechtes Gewissen. Die Geschenke bekommt ihr natürlich trotzdem, auch wenn ihr mich nicht in euren Urlaub mitnehmt.«

»Jetzt warte doch mal, Harold«, begann Tante Sharon und kratzte sich verlegen im Nacken. »Wir wussten doch nicht, dass dir so viel daran liegt, uns zu begleiten.«

»Doch.« Harold schniefte erneut.

»Na fein. Wir nehmen dich mit«, beschloss Onkel Archibald. »Nicht wahr, Sharon?«

Tante Sharon nickte zögerlich und zog die Zimmertür auf. »Ich nehme jetzt mal den Braten aus dem Ofen.« Sie warf Harold einen betretenen Blick zu. Offenbar hatte sie tatsächlich Mitleid mit ihm. »Wenn du etwas essen möchtest, Harold, dann bist du natürlich unser Gast.«

»Au ja!« Harold strahlte. »Ich habe schon mächtig Kohldampf.«

»Na, dann bis später«, verabschiedete sich Onkel Archibald und zog Ottos Zimmertür hinter sich zu.

Einen Moment lang war es ruhig im Zimmer, während Otto fieberhaft überlegte, wie er Harold helfen konnte. In Sachen Liebeskummer konnte er ihm leider so gar keine Ratschläge geben, da wusste Emily bestimmt besser Bescheid. Und wegen der Sache mit dem Überfall – Otto konnte lediglich anbieten, Harold alles, was er dringend brauchte zu leihen. Aber ansonsten hatte er keine Idee, wie er seinem Kumpel –

»Das war vielleicht ’ne Nummer!« Harold lachte und klopfte sich auf den knochigen Oberschenkel. »Eine grandiose Show! Wenn ich es als Rapper nicht schaffen sollte, dann kann ich immer noch ein Eins-a-Schauspieler werden! Ich wollte ja eigentlich noch eins drauflegen und erzählen, dass mein neues, schickes Dienstauto gestohlen worden sei, aber das wäre dann vielleicht doch zu krass gewesen – oder was meinst du, Otto?«

»Ich *wusste* es!«, rief Vincent und vollführte ein kleines Tänzchen. »Otto, dein ach so toller Kumpel kann lügen, ohne mit der Wimper zu zucken. Was vielleicht daran liegt, dass er keine Wimpern mehr hat.«

»Das war alles gar nicht wahr?« Otto hielt seinen Blick starr auf Harold gerichtet. »Nichts davon? Und du hast gar keinen Streit mit Gundula?«

Harold wackelte mit dem Schädel. »Na ja, neulich hat-

ten wir schon eine kleine Auseinandersetzung. Ich wollte mir im Kino ums Eck einen spannenden Streifen namens *Das Schweigen der Leichen* ansehen, während Gundula unbedingt in diese Oberschnulze namens *Schlaflos im Jenseits* gehen wollte.« Er seufzte. »Wir haben uns dann auf was ganz anderes geeinigt. *Friedhof der Kuscheltiere.* Eine ausländische Produktion aus dem Diesseits. War nicht besonders gut.«

»Und du bist auch nicht ausgeraubt worden?«

»Nope.« Er zwinkerte Otto zu. »Meine Bude sieht von außen so schäbig aus, niemand würde je vermuten, dass sich darin etwas Wertvolles befindet. Ach, und bevor du fragst, ich bin auch nicht auf einer Bananenschale ausgerutscht. Aber eine Sache stimmt: Ich habe tatsächlich Weihnachtsgeschenke für deine Tante und deinen Onkel gekauft.«

»Na, wenigstens etwas.« Zum ersten Mal, seit sie sich kannten, war Otto kurz davor gewesen, Harold für die unverschämte Show vorhin die Meinung zu geigen. Andererseits, ohne die Lügenmärchen hätte Tante Sharon nie zugestimmt, Harold in den Ski-Urlaub mitzunehmen. Ob das unter die Kategorie Notlüge fiel?

»Also, wann geht's jetzt los? Morgen Abend?«, wollte Harold wissen.

»Ja. Gleich nach dem Treffen mit Doktor Seymore müssen wir schnurstracks zum Flughafen. Das wird bestimmt stressig«, murmelte Otto und ließ seinen Finger über die dunkle Schneekugel gleiten. Wenn ihm Dr Seymore tatsächlich helfen konnte, seine Eltern zu befreien, dann war das jeden Stress wert.

Harold nickte. »Okay. Mein Geisterfahrer bringt uns im Nullkommanichts zum Flughafen. Bleibt nur zu hoffen, dass sich der gute Doktor Seymore nicht verspätet.«

Ferngespräch aus Qualcatraz

K*liiiiiiiing*«, ertönte ein lautes Geräusch von Ottos Nachtkästchen. »*Kliiiiiing, Kliiiiing!*«

»Schalte den dämlichen Wecker aus!«, brüllte Vincent aus dem Kleiderschrank. »Darf man denn nicht mal am Weihnachtsmorgen ausschlafen? Das ist ja schon fast wie beim Militär.«

Otto setzte sich auf, schlug die Bettdecke zur Seite und rieb sich verschlafen die Augen. In seinem Zimmer war es noch stockdunkel. Auf welche Uhrzeit hatte er sich den Wecker denn gestellt? Hatte er ihn überhaupt gestellt? Ihm musste ganz eindeutig ein Fehler passiert sein.

»Hörst du schlecht? Das Geräusch ist echt die Hölle für meine empfindlichen Fledermaus-Ohren!«, rief Vincent.

»Das ist nicht der Wecker!« Mit einem Schlag war Otto hellwach. »Das ist die Schneekugel! Vincent, wir bekommen einen Anruf!«

»Was? Wo? Wie?« In Windeseile ließ Vincent die Nörgelei sein und flatterte an den Rand des Nachtkästchens, wo die Schneekugel stand. Die bunten Farben der Schneekugel blinkten und erhellten den Raum, so wie immer, wenn ein Anruf einging. Nur dass das Ding diesmal sogar ein Klingeln von sich gab. Vielleicht war das so eine Art automatisches Update.

»Wir müssen den Anruf annehmen.« Mit zitternden Fingern strich Otto über den kalten Rand der Glaskugel. Wie man Anrufe annahm, hatte ihm Harold beigebracht, denn bei der Snowbyte 6S suchte man so etwas wie eine grüne Taste vergebens. Schneekugeln funktionierten etwas anders als stinknormale Handys.

»Dann los«, forderte ihn Vincent auf.

Otto nickte und beugte sich weiter vor zur Kugel. »Hallo?«

Es war genau wie damals. Kaum hatte Otto den Anruf angenommen, stoppte das Blinken, stattdessen drang gleichmäßiges weißes Licht aus der Kuppel. Nun war wieder eine Art Rauschen zu hören.

»Die Verbindung ist echt Schrott. Genauso gut könnte man mit Marsmenschen telefonieren«, lästerte Vincent.

»Schscht«, machte Otto und beugte sich noch näher zur Kugel. Aber immer noch war darin weder ein Jenseits-Wesen noch sonst wer zu erkennen – nur das weiße Licht zeigte an, dass die Verbindung zum Anrufer stand. »Mum? Kannst du mich hören?«

»Ich höre dich, Otto.«

Das war seine Mutter. Otto hätte vor Freude am liebsten Luftsprünge gemacht. Kurz überlegte er, Tante Sharon und Onkel Archibald aufzuwecken, aber er hatte Angst, die Schneekugel auch nur einen Millimeter zu bewegen – oder gar allein im Zimmer zurückzulassen.

»Mum!« Otto schrie beinahe. »Wie geht es dir?«

»Nicht so laut, Otto.« Seine Mutter sprach mit gedämpfter Stimme. »Es war nicht leicht, eine Schneekugel zu organisieren und dich anzurufen. Aber wir mussten das Risiko auf uns nehmen. Immerhin ist Weihnachten. Frohe Weihnachten, mein Junge.«

»Frohe Weihnachten, Mum.« Otto hatte Tränen in den Augen. »Mum, mach dir keine Sorgen. Wir versuchen alles, um euch zu helfen. Onkel Archibald arbeitet schon an einem Plan.«

»Dein Vater ist auch nicht tatenlos. Jetzt, wo jeder von der Operation Pestbeule weiß, müssen wir es schaffen, zu beweisen, dass uns der Boss des SBI unschuldig inhaftiert hat.«

»Denkt ihr wirklich, der Boss des SBI steckt in der

Sache mit drin?« Otto schluckte. Mit der Verschwörung namens Operation Pestbeule hatten sie vor einigen Monaten einen gigantischen Betrug im SBI aufgedeckt. Es ging darum, dass unzählige Sensenmänner 999 Jahre Sensendienst absolvieren mussten oder dazu verurteilt wurden, obwohl sie zu Lebzeiten gar keine Straftaten begangen hatten. Harold war einer von ihnen gewesen.

»Es muss so sein.« Seine Mutter schien felsenfest davon überzeugt zu sein. »Sonst hätte man uns doch schon längst freigelassen, nun, wo Rufus Rattlebones Machenschaften ans Licht gekommen sind. Dieser Mann war nichts weiter als ein Handlanger. Die wahren Bösewichte sitzen alle in der Chefetage des SBI. Und dein Vater wird es beweisen. Das heißt, wenn er wieder gesund ist.«

Moment mal. Hatte er sich eben verhört? War die Verbindung schlecht? »Dad ist krank? Was … was ist denn los?«

Seine Mutter schwieg. Offenbar war ihr die Sache einfach so rausgerutscht. »Es ist nichts Großes, Otto. Er ist bloß ein wenig erkältet. Als die Wärter bemerkt haben, dass wir unrechtmäßig im Besitz einer Schneekugel waren, musste dein Vater zur Strafe in der Eiseskälte zwanzig Runden um die Insel drehen –«

»Du meine Güte!« Otto verschlug es beinahe die Sprache. Er hatte nicht mal ansatzweise daran gedacht, dass seine Eltern womöglich wegen Regelverstößen im Gefängnis bestraft werden könnten. »Ich wusste nicht, dass ihr –«

»Es geht ihm gut, Otto«, versicherte ihm seine Mutter. »Mach dir keine Sorgen.« Sie seufzte. »Ich wünschte, wir könnten Weihnachten zusammen verbringen. Wir haben dir so viel zu sagen. Dinge, die dir vielleicht schon selbst aufgefallen sind.«

Otto schwieg, während sein Herz vor Aufregung regelrecht zu rasen begann. Er konnte sich gut vorstellen, was seine Mutter damit meinte. Wusste sie etwa, dass er Geister sehen konnte? Bestimmt wussten seine Eltern das oder sie ahnten es zumindest – immerhin hatte er vor einiger Zeit erwähnt, dass er mit einem waschechten Sensenmann befreundet war. Was allerdings viel spannender war: Wussten die beiden auch, warum Otto diese Gabe besaß?

»Wir holen euch da raus!«, wiederholte Otto erneut, diesmal entschlossener denn je, weil die Schneekugel wieder zu rauschen begann. »Haltet noch ein Weilchen durch, ja? Wir versuchen, mit der Schneekugel ein Portal nach Qualcatraz zu legen und euch dadurch zu … Mum?«

Mit einem Schlag erlosch das weiße Licht im Inneren der Schneekugel und im Zimmer war es wieder stockdunkel. Entweder war die Verbindung abgebrochen oder der Kugel war einfach der Saft ausgegangen.

Auch ein kräftiges Schütteln half nicht. Die Kugel blieb schwarz.

»Mist!«, fluchte Otto und stampfte auf den Boden. »Ich hätte sie fragen sollen, ob sie weiß, wie wir durch die Schneekugel ein Portal nach Qualcatraz legen können. Womöglich hätte sie uns helfen können.«

Vincent seufzte. Zur Abwechslung war er heute todernst, nicht mal der Hauch eines Grinsens kam ihm über die Lippen. »Wir können immer noch diesen merkwürdigen Doktor Nichttotzukriegen um Rat fragen. Wer Unsterblichkeitspillen erfinden kann, weiß sicher auch mehr über Qualcatraz.«

Otto nickte. Wie ungewöhnlich, dieses Jahr freute er sich gar nicht auf den bevorstehenden Weihnachtsmorgen und auf die Geschenke in den Strümpfen über dem Kamin. Stattdessen wartete er sehnsüchtig auf das vereinbarte Treffen mit einem über 500 Jahre alten Mann. Der hoffentlich Licht ins Dunkel bringen würde.

* * *

Der Weihnachtsmorgen verlief ziemlich turbulent. Das lag nicht nur daran, dass Otto diesmal unzählige Geschenke bekommen hatte und mit dem Auspacken kaum hinterherkam – nein, diesmal war auch Madame

Olga zu Gast und frühstückte mit ihnen. Mitgebracht hatte sie niemand Geringeren als Rocko.

Das kam Otto äußerst gelegen. Seit dem Zusammenstoß im Supermarkt hatte er sich vorgenommen, mit dem Wunderheiler ein paar Takte zu reden. Wer war er wirklich? War er überhaupt menschlich? Und wenn ja, wie konnte es sein, dass er nicht nur Geister und Sensenmänner sehen konnte, sondern auch die Gabe besaß, Menschen wieder zum Leben zu erwecken? Otto brannte darauf, die Antworten zu erfahren.

Aber er musste sich gedulden. Es dauerte fast bis zum Mittagessen, bevor Otto Rocko auf dem Weg zur Toilette endlich alleine erwischte. Wie es aussah, hatte dieser doch menschliche Bedürfnisse.

»Hey, Rocko! Hast du mal eine Minute Zeit?«, begann Otto. Weil jeder hier es so machte und Rocko selbst auch nicht besonders förmlich zu sein schien, nahm Otto sich die Freiheit heraus, ihn zu duzen. »Ich finde, wir müssen dringend miteinander reden.«

»Hey, Kumpel.« Gut gelaunt wie eh und je verstrubbelte Rocko Ottos Haarschopf. »Wie geht es deinem Buddy, dem Sensenmann? Der Typ ist echt so was von cool! Und dabei richtig nett! Ich würde ihn gern mal wiedersehen.«

Wie bitte? Nett? Harold? An dem Tag im Supermarkt war sein knochiger Kumpel so stinkig und übellaunig wie eh und je gewesen. Hatte Rocko sich beim Zusammenstoß mit dem Orangenturm etwa einen Gehirnschaden zugezogen?

»Interessiert es dich denn gar nicht, dass ich mich mit einem Sensenmann angefreundet habe? Dass ich, genau wie du, auch Geister und übersinnliche Wesen sehen kann? Seit wann kannst du das denn? Bist du überhaupt noch am Leben?« Plötzlich kam ihm Mr Malone in den Sinn, sein ehemaliger Lehrer, der aus dem Jenseits entkommen war. »Oder bist du ein Zombie, verkleidet und aus einer anderen Welt entkommen?«

»Ein Zombie? Entstiegen aus dem Grab?« Rocko lachte herzhaft. »Müsste ich dann nicht glühende Augen und

Narben am ganzen Körper haben? Und mit zerfetzten Kleidern herumlaufen?«

Otto schnaubte. Meinte Rocko das ernst oder stellte er sich absichtlich dumm? Bewohner aus der Jenseitswelt sahen in keinster Weise wie Zombies aus, die man aus Horrorfilmen kannte. Sie sahen aus wie ganz normale Menschen. Nur dass ihnen die Farbe fehlte. Ob Rocko das wusste?

»Nicht zwangsläufig«, antwortete Otto nachdenklich. Irgendwie verlief das Gespräch nicht so, wie er sich das gewünscht hatte. »Hast du dich nie gefragt, warum du übernatürliche Fähigkeiten hast? Kannst du eigentlich auch Geister sehen? Oder etwa nur Sensenmänner wie Harold?«

Jetzt kam Rocko etwas näher an Otto heran. »Ich kann auch eure Hausgeister sehen«, flüsterte er in sein Ohr. »Am häufigsten sehe ich den fetten, schlecht gelaunten Kerl, der ständig in den Staubsauger schlüpft und danach einen Niesanfall bekommt. Wie ist noch mal sein Name? Sir Toby?«

»TONY!« Sir Tony war plötzlich neben Otto und Rocko aufgetaucht. »Sir Tony! Noch mal so eine verbale Entgleisung und Sie bekommen Hausverbot, Sie durchgeknallter Wunderheiler! Wo waren Sie eigentlich bei *meinem* Ableben, hm? Zu beschäftigt? Sie hätten mich ruhig auch mal wiederbeleben können!«

»Du bist doch schon seit über hundert Jahren tot, Tony«, seufzte Otto.

»Damals war ich noch gar nicht geboren«, ergänzte Rocko schulterzuckend. »Tut mir echt leid, Kumpel.«

»Ausreden. Nichts als Ausreden.«

»Jetzt sag schon, Rocko«, drängte Otto. Im Wohnzimmer sah sich Tante Sharon bereits suchend nach dem verschollenen Gast um. »Seit wann kannst du Geister sehen? Von Geburt an? Und warum?«

Rocko dachte nach und zwirbelte eine Haarsträhne. »Als kleines Kind konnte ich noch keine Geister sehen.«

»Ich auch nicht!«, rief Otto. »Glaube ich zumindest.«

Rocko sah sich um und zog Otto etwas näher zu sich. »Es hat alles begonnen, als ich vor einigen Jahren einen schweren Unfall hatte. Ich lag für einige Tage im Koma. Die Ärzte hatten mich für tot erklärt. Doch dann –«

»Wo steckt ihr beiden denn so lange?« Tante Sharons Hand lag plötzlich auf Ottos Schulter und Rocko hörte sofort auf zu erzählen. »Hier im Flur ist es doch eiskalt, kommt zurück ins Wohnzimmer! Wir wollen ein paar Weihnachtslieder singen. Und Madame Olga hat einen Weihnachtspudding mitgebracht, der noch verputzt werden will.«

Otto seufzte und folgte seiner Tante ins Wohnzimmer. Auch wenn Rocko ziemlich anstrengend sein konnte, einen schlechten Kleidergeschmack besaß und den

Sensenmännern das Leben schwer machte – eigentlich war er ein netter Typ. Er war jemand, den Otto ganz bestimmt nicht an das SBI ausliefern würde, nur um ein paar Jenseits-Pfund abzustauben, mit denen er ohnehin nichts anfangen konnte. Und wer weiß – wenn Rocko tatsächlich die gleiche Gabe wie Otto besaß, konnte er womöglich noch etwas von ihm lernen.

Dr Seymores Memoiren

Ich hätte heute beinahe nicht mitkommen dürfen«, erzählte Emily am Abend, als sie gemeinsam auf dem Weg zum Kino waren. »Aber ich habe meine Eltern angeflunkert und ihnen erzählt, dass ich mit euch zum Flughafen fahre und dir noch beim Packen helfen muss. Weil du noch nie in den Alpen warst, hast du ja nicht die geringste Ahnung, was du mitnehmen sollst, und bist kurz davor, Badeschlappen und Bermudas einzupacken.« Emily zwinkerte Otto zu. »Genialer Schachzug, oder?«

Otto warf einen Blick auf seine Armbanduhr. In genau vier Stunden ging der Flieger. Wenn alles nach Plan verlief, hatten sie genau zwei Stunden Zeit für das Treffen mit Dr Seymore, eine weitere Stunde, um nach London zum Flughafen zu fahren, und noch mal eine Stunde, um einzuchecken und an den Flugsteig zu gelangen. Es war knapp, aber nicht unmöglich.

»Bermudas im Ski-Urlaub? Und diesen Stumpfsinn haben deine Eltern geglaubt?«, lachte Harold.

Inzwischen waren sie beim Kino angekommen und Otto besorgte an der Kasse rasch die Tickets.

»Mann, Otto, die müssen dich wirklich für total beschränkt halten«, lästerte Vincent jetzt weiter. »Egal, Hauptsache, Emily ist ihren Eltern entkommen. Jetzt müssen wir nur noch diesen Doktor Methusalem finden. Wo, sagte er gleich, dass er warten würde?«

»Hier in diesem Kinosaal«, erklärte Otto und präsentierte dem Kontrolleur sein und Emilys Ticket. Zwei Tickets reichten, immerhin schmuggelte sich Vincent in Ottos Brusttasche und Scary Harry sich im Unsichtbar-Modus in den Kinosaal. »Am besten, wir nehmen uns die Plätze ganz hinten, vor der großen Säule. Die will ohnehin keiner, weil man nicht gut zur Leinwand sehen kann. Da sind wir ungestört und außerdem vor neugierigen Blicken geschützt.«

»Prima Idee.« Emily ließ sich schwungvoll auf einen der weichen Kinosessel fallen. »Und wann sollte Doktor Seymore aufkreuzen?«

Harold warf einen Blick auf sein Handy. Es war sechs Uhr abends. »Ich weiß nicht genau. Er sagte, selbe Zeit, selber Ort, bloß einen Kinosaal weiter.«

»Ob er wohl wusste, dass in diesem Kinosaal ein superschnulziger Liebesfilm läuft?«, maulte Vincent, als der Film begann und kitschige Musik ertönte. »*Die Rosen von Barbados!* Klingt nach einer Liebesromanze am Strand. Zum Kotzen.«

»Immer noch besser als der grauenhafte Horrorfilm, der wieder im Saal daneben läuft. Schlimmer, als einen miesen Horrorfilm zu sehen, ist nur noch, denselben miesen Horrorfilm ein zweites Mal sehen zu müssen«, lästerte Emily. »Außerdem geht's heute nicht um den Film, sondern um Doktor Seymore.«

»Richtig, Emily.« Otto sah sich um. Im Kinosaal saß nicht mal ein halbes Dutzend Leute, keiner davon sah auch nur annähernd aus wie der alte Dr Seymore. Hoffentlich ließ er sich mit seinem Besuch nicht allzu lang Zeit. Otto brauchte unbedingt genügend Gelegenheit, um Seymore Fragen rund um seine Zeit in Qualcatraz zu stellen.

Doch auch noch nach einer Stunde fehlte jede Spur von Dr Seymore. Otto ließ den Saaleingang nicht aus den Augen.

»Wo ist dieser Typ? Kann es sein, dass er uns versetzt hat?«, wollte Otto wissen.

»Ach Quatsch«, winkte Vincent ab. »Glaubst du echt, der holt sich seine megawertvollen Superpillen nicht zurück? Dann wäre er schön dumm!«

Otto seufzte. »Vielleicht haben wir uns ja doch im Saal geirrt? Oder im Datum?«

»Könnt ihr bitte mal leise sein?«, beschwerte sich Harold. Heimlich griff er mit seiner knochigen Hand in den Popcornbehälter einer Frau, die vor ihm saß. »Der Streifen hier ist gar nicht so übel. Glaubst du nicht auch, dass diese Doktor Lilian Colloway heimlich in den Colonel verliebt ist? Und der Schiffbrüchige da … jede Wette, dass das Lilians vor Jahren verschollener Halbbruder ist. Mann, ist das spannend!«

»Hey, Erde an Sensenmann, bitte kommen!«, motzte Vincent. »Wir sind hier nicht zum Filmgucken, sondern für eine heimliche Übergabe.«

»Ja, ja, schon kapiert. Aber solange der Typ sich nicht blicken lässt, kann ich ja wohl auch dem Film folgen, oder?«

»Meinetwegen.« Vincent knurrte. »Und übrigens, der Schiffbrüchige ist nie und nimmer Doktor Colloways Halbbruder. Der sah doch vorher ganz anders aus!«

Otto seufzte. Während Harold und Vincent voller Spannung den Liebesfilm verfolgten, schien die Zeit nur so zu rasen. Als er das nächste Mal auf die Uhr sah, war der Film beinahe zu Ende.

»Ist das traurig«, schluchzte Harold, als auf der Leinwand die schnulzige Schlussszene des Films lief. Die Heldin sah zu, wie der Colonel auf seinem Schiff in den

Sonnenuntergang schipperte, und blieb alleine auf Barbados zurück. Kitschige Gitarrenmusik ertönte. »Warum werden die beiden kein Paar? Ach, solche Sachen gehen mir immer ganz schrecklich ans Herz.«

»Mensch, Harold!« Otto war langsam mit seinem Latein am Ende. Wo war Dr Seymore? »Wir haben jetzt ganz andere Probleme! In wenigen Minuten müssen wir uns auf den Weg zum Flughafen machen und wir wissen immer noch nicht, wo –«

»Hey! Ihr müsst Otto, Emily, Vincent und Harold sein!«

Otto fuhr herum. In der Sitzreihe hinter ihm war plötzlich ein blondes Mädchen mit Kapuzenpullover aufgetaucht, kaum älter als Otto und Emily. Wer zur Hölle war das Mädchen? Und woher kannte es ihre Namen?

»Ja, das sind wir.« Emily drehte sich um und nahm das Mädchen unter die Lupe. »Und wer bist du?«

»Regina Seymore. Aber du kannst mich Gina nennen.« Sie strahlte Otto an und strich sich eine blonde Locke hinters Ohr. »Warte mal, du gehst doch auch auf die Siegmund-Schwefelkopf-

Schule, oder? Du bist der Junge, der in diesem coolen alten Haus wohnt, oder?«

Emily kniff die Augen zusammen. »Du gehst in die Klasse über uns, nicht wahr? Und dein Name ist … Seymore?«

»Ja.« Als Gina zu Emily sprach, wurde sie plötzlich wieder ernst. Sie presste die Lippen zusammen und holte tief Luft. »Ich bin seine Urenkelin. Na ja, ehrlich gesagt behaupte ich bloß, ich wäre seine Urenkelin, korrekterweise müssten da noch viel mehr ›Urs‹ dazu, aber ihr wisst schon, was ich meine.«

Harold lachte und guckte das Mädchen an. »Du bist tatsächlich mit Doktor Seymore verwandt?«

»Ach du liebe Güte, er hatte recht. Du bist ja wirklich ein Skelett.« Überrascht schüttelte Gina den Kopf und biss sich auf die Unterlippe. »Egal, ähm … Alles, was ich euch sagen wollte, ist … ich glaube, mein Urgroßvater kommt heute nicht mehr.«

Otto schluckte. Alle seine Hoffnungen lösten sich mit einem Schlag in Luft auf. »Er kommt nicht? Was soll das bedeuten, Gina?«

»Er ist verschollen. Er wollte …« Es schien fast so, als stiegen Gina Tränen in die Augen. »Er wollte gestern schon zurückkommen, nachdem er sich um seine Verfolger gekümmert hat. Aber von ihm fehlt bis heute jede Spur. Ihr habt nicht zufällig was von ihm gehört?«

Otto schüttelte den Kopf. »Nein. Glaubst du, es ist ihm etwas zugestoßen? Und wer sind diese Verfolger?«

Gina zuckte mit den Schultern. »Keine Ahnung. Urgroßvater hat nur davon gesprochen, dass Anzugtypen hinter seinen lebensverlängernden Pillen her sind.«

»Mist!«, fluchte Otto und stampfte mit dem Fuß. »Was sollen wir jetzt tun?«

Doch Emily nahm Gina genauer unter die Lupe. »Woher wusstest du, dass du uns hier finden würdest? Hat dir dein Urgroßvater erzählt, dass er uns die Pillen gegeben hat?«

Gina nickte. »Er hat mir aufgetragen, euch zwei Dinge zu sagen, falls er nicht wieder zurückkommen sollte.« Sie machte eine bedeutsame Pause. »Erstens, ihr sollet gut auf die Pillen aufpassen. Sie sind nämlich verdammt wertvoll.«

»Na, das hat uns Doktor Seymore neulich auch schon gesagt.« Harold schnaubte. »Und zweitens?«

»Ihr dürft die hier behalten«, sagte Gina, griff in ihren Rucksack und zog dicke, in Leder gebundene Notizbücher heraus. Einzelne Zettel ragten hervor. »Seine Tagebücher.«

Vincent riss die Augen auf. »Ach du karierte Kanone! Das sind ja wirklich viele Tagebücher! Sieht ganz so aus, als hätte er in den letzten fünfhundert Jahren so einiges erlebt.«

»Danke.« Otto nahm die schweren Notizbücher entgegen, unsicher, was er davon halten sollte. Vielleicht stand da bloß eine Menge uninteressantes Zeug drin. Und doch regte sich in ihm die Hoffnung, dass vielleicht auch von Qualcatraz die Rede war. »Vielleicht finden wir darin Informationen, die uns helfen könnten, ihn bald zu finden.«

»Das wäre großartig.« Gina lächelte Otto an und steckte ihm einen kleinen Zettel zu. »Hier, das ist meine Handynummer. Ruf mich an, wenn du etwas Neues erfährst.« Sie stand auf und drückte sich durch die Sitzreihen Richtung Ausgang. »Ich muss jetzt los. Meine Eltern wissen nicht, dass ich hier bin. Sie wissen überhaupt nichts von den geheimnisvollen Pillen. Mein Urgroßvater hat das Geheimnis nur mir anvertraut.«

»Gina?«, rief Otto, bevor sie aus dem Kino verschwunden war.

»Ja?«

»Sei vorsichtig«, riet ihr Otto. »Wer weiß, welche Feinde dein Urgroßvater so hat.«

»Danke«, sagte Gina noch, winkte Otto zu und schon war sie aus dem Kinosaal verschwunden.

Eine Weile lang saßen Otto, Emily, Vincent und Harold wortlos da und starrten auf die schweren Notizbücher auf Ottos Schoß.

»Damit hat ja wohl niemand gerechnet. Hoffentlich steht da drin, wie wir Doktor Seymore finden können«, überlegte Harold. »Und hoffentlich hat Doktor Seymore keine Sauklaue. Sonst brauchen wir einen Hieroglyphen-Entschlüssler für die Bücher.«

»Oh, bist du der Junge, der in dem coolen Spukhaus wohnt? Hier ist meine Handynummer«, machte Emily Gina nach und flatterte dabei mit den Augenlidern. Dann wurde sie wieder ernst und schüttelte den Kopf. »Ihr Urgroßvater ist verschwunden und sie hat nichts Besseres zu tun, als Jungs ihre Handynummer anzudrehen? Das Mädchen hat vielleicht Nerven!«

Otto schnaubte. Also, das war das absolut Letzte, was er von Emily erwartet hätte. Die Emily, die er kannte, hätte sich gleich über die Notizbücher hergemacht. Und nicht wegen eines anderen Mädchens aufgeregt.

»Das war doch bloß, damit wir sie informieren können, wenn wir etwas von Doktor Seymore hören!«, stellte Otto klar. Hatte Emily das etwa nicht mitbekommen?

»Ja, ja, und Vincent ist keine Fledermaus, sondern ein zu fett geratener Schmetterling«, maulte Emily. »Mir brauchst du nichts zu erzählen, ich habe genau gemerkt, dass diese Gina total verknallt in dich ist.«

»Was?« Otto klappte der Unterkiefer herunter. »Meinst du das ernst?«

»Vermutlich hat sie nur auf eine Gelegenheit gewartet,

dich anzuquatschen. Und du hast auch noch voll mitgespielt, Otto!« Sie schnaubte und legte sich theatralisch eine Hand aufs Herz. »Oh, Gina! Pass auf dich auf!«

»Was ist denn hier los?« Vincent deutete auf seine Schläfe. »Sind Otto und Emily bei der Schmonzette die Sicherungen durchgebrannt?«

»Ich würde euch ja zu gerne noch weiter beim Streiten zuhören«, meinte Harold und stupste Emily in die Seite. »Aber wir müssen einen verfluchten Flieger kriegen, falls ihr beide das vergessen habt! Und zwar in einer Stunde und dreißig Minuten!«

»Oh, Mist!« Schlagartig war Emily aufgesprungen und schnappte sich ihre Tasche. »Den Flieger hatte ich vollkommen vergessen.«

Harold legte eine knochige Hand auf Emilys Schulter. »Nur keine Panik. Wenn wir jetzt gleich losfahren, schaffen wir das schon.«

Otto prüfte seine Armbanduhr. Richtung London herrschte auch am Abend stets eine Menge Verkehr. »Was, wenn wir in einen Stau geraten?«

Harold ging voran aus dem Kinosaal, die Sense in der Hand. »Dann nehmen wir einfach die gegenüberliegende Fahrbahn! Wozu habe ich denn sonst einen eigenen Geisterfahrer?«

Die vermeintliche Pillen-Diebin

Der Londoner Flughafen war nicht nur groß und verwirrend, sondern auch ziemlich hektisch.

Harold hatte Otto und Emily beim Terminal aus seinem Flitzer aussteigen lassen und versprochen, die beiden unmittelbar nach der Landung in Österreich zu treffen. Wie es aussah, war Harold noch nie zuvor in ein Flugzeug gestiegen und hatte ziemliche Angst vor dem Flug – deshalb zog er es vor, sich mithilfe der Jenseits-App auf seinem Smartphone zuerst ins Jenseits und von dort direkt in die Alpen zu befördern. Die bewährte Methode schien ihm lieber zu sein, als in einen riesigen fliegenden Blechvogel zu steigen, von dem der Sensenmann nicht verstand, wie er überhaupt funktionierte, und der möglicherweise abstürzen konnte. Bevor Harold sich verabschiedet hatte, hatte er Otto und Emily allerdings noch Dr Seymores

Pillendöschen und die Tagebücher in die Hand gedrückt und angekündigt, um Mitternacht in der gemieteten Berghütte in Österreich auf die beiden zu warten.

»So ein Angsthase«, lachte Emily und betrachtete die Auslagen der Geschäfte im Duty-free-Bereich. Harolds Geisterfahrer James war mit einem Affentempo hierher gerast – so schnell, dass sie jetzt sogar etwas zu früh angekommen waren und nun einige Minuten auf den Flieger warten mussten. »Scary Harry hat täglich mit Seelen, Untoten und anderen mysteriösen Wesen zu tun, aber macht sich in die Hosen wegen eines stinknormalen Flugs.«

Otto hob die Schultern. »Er hat kein Ticket und demnach auch keinen Sitzplatz. Wenn das Flugzeug in Turbulenzen kommen sollte und er auf dem Gang stehen müsste, würde er sich alle Knochen brechen, so ganz ohne Sitzgurt.« Außerdem konnte Otto seinen Kumpel verstehen. Er flog ebenfalls nicht besonders gerne, auch wenn sein letzter Flug schon einige Jahre her war.

»Ja, das wäre ziemlich gefährlich. Selbst für einen toten Sensenmann«, lachte Emily und deutete auf eine Buchhandlung gegenüber dem Flugsteig. »Oh, guck mal, Otto! Hier gibt's Romane! Und sogar ein paar Gruselgeschichten für dich! Lass uns ein bisschen Lesestoff kaufen, dann können wir abends in der Hütte am Kaminfeuer Bücher lesen, Tee trinken und Plätzchen essen, ja?«

Otto nickte. Auch wenn er sich niedergeschlagen fühlte, weil Dr Seymore heute Abend nicht erschienen war, vielleicht entpuppte sich der Ski-Urlaub in den Alpen doch noch als willkommene Abwechslung. Emilys Plan mit den Büchern und dem Kaminfeuer klang jedenfalls ziemlich gemütlich. »Gute Idee.«

* * *

»Das macht dann 19 Pfund und 90 Pence«, sagte die Frau an der Kasse und packte die beiden Bücher, die Emily und Otto ausgesucht hatten, in eine Papiertüte.

Emily kramte in ihrer Tasche auf der Suche nach Geld. Hinter ihnen hatte sich bereits eine lange Schlange gebildet und ein Mann mit Brille spähte ungeduldig nach vorne, um zu sehen, was da so lange dauerte. Dabei schien der Mann geradewegs in Emilys offene Tasche zu starren, wo Harolds silbernes Pillendöschen herumkullerte, das er ihnen vorhin anvertraut hatte.

»So, hier ist das Geld.« Endlich beförderte Emily ihren kleinen Geldbeutel aus den Tiefen ihrer Tasche und machte den Reißverschluss zu. Der Mann hinter ihnen schnaubte und wandte sich ab. »Zwanzig Pfund, bitte.«

»Und 10 Pence zurück, besten Dank, junge Frau«, säuselte die Kassiererin und widmete sich der nächsten Person.

Gleich hinter der Kasse zog Otto Emily beiseite. »Em, hast du das gerade bemerkt?«

»Was denn?«

»Den Mann mit der Brille und dem Hut, der direkt hinter dir stand?«

Emily runzelte die Stirn und drehte sich um. Von dem Mann, der Otto eben in der Schlange aufgefallen war, fehlte jede Spur. Die nächste Kundin hinter Emily war eine dicke Frau mit Kinderwagen, die ein paar Kinderbücher bezahlte. »Welcher Mann?«

»Wo ist er hin?« Otto kratzte sich am Kopf und sah sich um. Der Mann schien sich in Luft aufgelöst zu haben. »Gerade eben war er noch da. Und er hat aufmerksam in deine Tasche gestarrt, als wäre er auf der Suche nach etwas, das sich darin befindet.«

Emily lachte. »Auf der Suche nach was? Nach meinem Erdbeerlipgloss? Oder nach ein paar benutzten Taschentüchern?«

Otto blieb todernst. »Nach Doktor Seymores Pillen.«

»Oh.« Emily schien einen Moment lang darüber nachzudenken, doch dann schüttelte sie entschieden den Kopf. »Komm schon, Otto. Bist du jetzt etwa genauso paranoid wie Doktor Seymore selbst?«

Otto vergrub die Hände in den Hosentaschen und marschierte voran in Richtung Flugsteig, wo Tante Sharon, Onkel Archibald und Emilys Eltern warteten.

»Natürlich nicht. Ich fand es nur ziemlich merkwürdig, dass –«

»Entschuldigt, Kinder.« Bevor Otto zu Ende sprechen konnte, hatten sich zwei Männer im Anzug vor die beiden gestellt und versperrten ihnen den Weg. Einer von ihnen war dick und hatte einen Vollbart, der andere war … Moment, das war der Typ aus der Buchhandlung! Er war groß, muskulös und trug eine kleine, rahmenlose Brille auf der Nase. »Wir sind von der Flughafensecurity und führen zufällige Gepäckkontrollen durch. Uns ist zu Ohren gekommen, dass jemand unerlaubte Gegenstände hier am Flugsteig mit sich führt. Ich muss euch bitten, die Taschen zu öffnen.«

Emily und Otto warfen sich einen Blick zu. War das die Erklärung? War der Mann in der Schlange hinter Emily nur von der Flughafensecurity gewesen? Doch warum kontrollierten sie ausgerechnet zwei Kinder? Sahen sie etwa verdächtig aus?

»Aber wir haben keine unerlaubten Gegenstände bei uns«, verteidigte sich Emily.

»Außerdem wurden wir schon kontrolliert.« Otto verschränkte die Arme. Er würde sich ganz sicher nicht einschüchtern lassen, nur weil die beiden einen glatt gebügelten Anzug trugen. »Gerade eben, da hinten. Wir mussten unsere Mäntel ausziehen und unser Gepäck aufs Förderband legen.«

»Ja, wir wurden von Kopf bis Fuß durchleuchtet.«

»Trotzdem.« Jetzt sprach der Mann mit der rahmenlosen Brille. Er durchbohrte Emily regelrecht mit seinem Blick. »Eventuell haben die Kollegen etwas übersehen. Und zwar ein bestimmtes Medikament, das laut unseren Zollbestimmungen nicht nach Österreich mitgenommen werden darf.«

Otto schluckte. Also doch. Der Kerl hatte vorhin im Buchladen Emilys Pillendöschen entdeckt. Wusste er, dass das besondere Pillen waren? Oder stimmte es, dass man keine Medikamente mit ins Ausland nehmen durfte? Moment mal … woher konnte der Security-Typ wissen, dass ihre Reise nach Österreich ging? Irgendetwas war hier gewaltig faul.

»Gibt's ein Problem, meine Herren?« Emilys Vater war hinter seiner Tochter aufgetaucht und legte die Hand auf ihre Schultern. Auch wenn er manchmal ziemlich streng und unsympathisch sein konnte, diesmal war Otto froh, ihn zu sehen.

Die Männer blickten zu Emilys Vater und wirkten verunsichert. Der Dicke mit dem Bart jedenfalls schien am liebsten die Flucht ergreifen zu wollen. Doch sein Kollege mit der Brille rührte sich nicht vom Fleck. »Ich fürchte, ja, Sir. Wir vermuten, dass Ihre Tochter etwas Unrechtmäßiges mit sich führt. Sie hat ein Döschen mit Pillen aus einer Apotheke gestohlen.«

»Was?«, riefen Emily und Otto gleichzeitig. Hatte Otto sich gerade eben verhört? Emily sollte etwas gestohlen haben? Gerade war es doch noch um eine Routinekontrolle gegangen.

Emilys Vater runzelte die Stirn. »Sind Sie etwa Ladendetektive?«

Der Mann mit der Brille nickte. »Genau, Sir.«

Otto spürte, dass er gleich überkochen würde. »Eben haben Sie doch gesagt, Sie seien von der Flughafensecurity! Und jetzt kommen Sie plötzlich mit einer neuen Geschichte daher? Emily soll eine Diebin sein?«

»Schscht, Otto. Lass mich das klären. Ich bin der

Rechtsanwalt«, bremste ihn Emilys Vater. »Sie wollen mir also allen Ernstes erzählen, meine Tochter habe etwas aus einem Laden geklaut? Ein Döschen mit Pillen?«

Die Männer nickten. »Ein silbernes Döschen mit roten Pillen darin, um genau zu sein.«

Emilys Vater wandte sich ihr zu. Er schien nicht zu glauben, was er da hörte. »Ist das wahr, Emily?«

»Nein, Dad.« Emilys Atem ging stoßweise. Schweißperlen kullerten ihr über die Stirn. »Natürlich nicht. Du kennst mich doch. Ich habe nichts geklaut. Ich würde niemals etwas klauen.«

»Na, dann lass mal sehen«, brummte der Mann mit der Brille und zog am Riemen von Emilys Tasche.

»Hände weg. Ich kontrolliere die Tasche meiner Tochter selbst, nur damit das klar ist.« Emilys Vater stellte sich zwischen Emily und die beiden Anzugtypen und öffnete den Verschluss von Emilys Tasche. Eine Weile lang kramte er zwischen den Büchern, dem Reisepass und Taschentüchern herum, bis er schließlich Harolds silbernes Pillendöschen herauszog. »Meinen Sie etwa das hier, meine Herren?«

Beim Anblick des Pillendöschens begannen die Augen des Brille tragenden Kerls zu leuchten. »Genau. Wenn Sie es mir bitte geben würden, Sir? Dann bringe ich es sofort zurück dorthin, wo es hingehört!«

»Nein!«, schrien Otto und Emily gleichzeitig. »Nicht.«

Emilys Vater hielt inne und runzelte die Stirn.

»Die Pillen sind wichtig, Dad. Und ich habe sie nicht geklaut«, stammelte Emily hilflos. Nervös knetete sie ihre Hände. »Es ist ein stinknormales Kopfwehmedikament. Nichts weiter. Das alles ist nichts weiter als ein großes Missverständnis.«

Emilys Vater schluckte. Ganz offensichtlich hatte er keine Ahnung mehr, wem er glauben sollte. Zum Glück hielt er immer noch das Pillendöschen in den Händen und dachte nicht daran, es den Männern zu übergeben. »Bei Gericht würde man sagen, hier steht Aussage gegen Aussage. Was machen wir denn jetzt?«

»Geben Sie mir das Döschen und wir lassen die beiden laufen«, antwortete der Mann mit der Brille. »Sie können in Ruhe in den Urlaub fliegen und werden nie wieder von uns hören. Versprochen.«

Emily liefen Tränen über die Wangen. »Nicht, Dad!«

Emilys Vater fuhr sich durchs Haar und warf einen Blick auf den Flugsteig, wo die anderen Passagiere begannen, ihre Tickets vorzuweisen und ins Flugzeug zu steigen. Er wurde bestimmt langsam nervös, immerhin blieb nicht mehr allzu viel Zeit bis zum Abflug. »Wenn es tatsächlich wahr ist und Emily Pillen gegen Kopfweh geklaut hat, dann möchte ich sie Ihnen gerne bezahlen. Bestimmt hatte sie einfach nur kein Geld dabei. Emily ist normalerweise ein braves Mädchen.«

Der Mann mit Brille brummte. »Das geht nicht. Wir brauchen die Pillen.«

Jetzt schien Emilys Vater verdutzt. Zum ersten Mal schien ihm zu dämmern, dass hier etwas nicht stimmen konnte. »Kann ich mal Ihre Ausweise sehen?«

»Wir sind … inkognito unterwegs.« Einige Passanten waren bereits stehen geblieben und hörten dem ungleichen Grüppchen zu. »Geben Sie uns die Pillen, und zwar sofort.«

Emilys Vater griff in seine Geldbörse. »Genug jetzt. Wer auch immer Sie sind, hier haben Sie hundert Pfund. Das ist viel mehr, als diese Kopfwehtabletten jemals wert sein können, verstanden? Und jetzt lassen Sie uns gefälligst in Ruhe.«

Otto sah, wie der Mann mit Bart seinem Kollegen einen Stoß verpasste und in Richtung eines uniformierten Flughafenmitarbeiters blickte, der mit einem kleinen Gefährt durch den Gang rollte. »Nimm das Geld und lass uns verschwinden.«

»Na fein«, knurrte der Mann mit der Brille und steckte das Geld ein, allerdings nicht ohne Otto und Emily noch mal einer genauen Musterung zu unterziehen. Fast so, als wollte er sich die beiden besonders gut einprägen. Dann machte er auf dem Absatz kehrt, packte seinen Kumpel am Jackenärmel und marschierte davon.

Die Kälte in den Knochen

Auch wenn Otto und Emily immer noch keine Ahnung hatten, wer die beiden Männer am Londoner Flughafen gewesen waren – zumindest der Flug nach Österreich war problemlos und ohne Turbulenzen verlaufen. Wenige Stunden später waren sie gelandet und hatten alle ihr vorübergehendes Hotelzimmer in der Stadt bezogen. Weil es bereits Nacht war, würden sie erst am nächsten Morgen auf den Berg fahren und die Hütte sehen, die sie für die folgenden beiden Wochen gemietet hatten.

Am nächsten Tag schien die Sonne. Doch auch der Sonnenschein half nicht über die klirrende Kälte hinweg, bei der Otto, Tante Sharon und Onkel Archibald in die Gondelbahn stiegen, um zur Hütte auf dem nächstgelegenen Berg zu fahren.

»Eigentlich wollte ich ja da raufflattern. Ihr wisst schon, ein bisschen Sport nach den Feiertagen«, meinte Vincent und ließ sich auf die Sitzbank der Gondel plumpsen. »Aber bei der Eiseskälte frieren mir ja die Flügel ein.«

»Ach, hör auf zu jammern, Vincent.« Onkel Archibald blickte durch die Scheibe auf die verschneite Berglandschaft. »Das Wetter ist wunderbar. Guck nur mal, wie viele Leute hier auf Skiern unterwegs sind.«

Vincent schüttelte den Kopf. »Also, das könnt ihr gleich vergessen. Ich bin Herr der Lüfte! Und damit nicht gemacht für Abenteuer auf zwei Brettern. Den Skispaß überlasse ich ganz euch!«

»Ehrlich gesagt denke ich noch gar nicht ans Skifahren.« Otto zog die Notizbücher von Dr Seymore aus der Tasche. »Onkel Archibald, lass uns doch lieber das hier durchackern. Das sind die Memoiren von Harolds Kumpel aus dem Mittelalter, von dem ich dir neulich erzählt habe.«

Onkel Archibald riss die Augen auf. »Der Arzt, der ein ewiges Leben führt? Ich dachte, das sei ein Scherz, Otto! Ich dachte, du wolltest deine Tante und mich ein wenig foppen.«

»Foppen? Wieso sollte ich? Der Kerl hat tatsächlich einen Wirkstoff erfunden, mit dem das Leben um ein Vielfaches verlängert werden kann.« Otto seufzte. »Außerdem ist er schon mal aus Qualcatraz ausgebrochen. Nur jetzt ist er verschollen …«

Onkel Archibald war noch wie von Sinnen. »Um wie viele Jahre kann man das Leben damit denn verlängern?«

»Ich glaube, beinahe um das Zehnfache.«

Das schien jetzt auch Tante Sharon zu interessieren. »Gibt es einen Haken an der Sache? Ich meine, haben diese Pillen denn irgendwelche Nebenwirkungen?«

Otto überlegte. »Na ja, Doktor Seymore war schon etwas seltsam, um nicht zu sagen, verrückt –«

»Geisteskrankheit«, schloss Archibald. »Das menschliche Gehirn ist nicht dafür geschaffen, tausend Jahre lang am Stück zu funktionieren. Gut möglich, dass man in solch hohem Alter einfach verrückt wird.«

»Trotzdem.« Tante Sharon blickte gedankenverloren aus dem Gondelfenster. »Bestimmt gibt es eine Menge Leute, die eine Geisteskrankheit nur zu gerne in Kauf nehmen würden, um so lange zu leben. Wer von euch hat die Pillen denn jetzt?«

»Emily. Aber am Flughafen wären sie ihr beinahe abhandengekommen.«

Onkel Archibald, der während des Eklats mit den Sicherheitsleuten gerade aufs Klo geflitzt war, runzelte die Stirn. »Abhandengekommen? Aber wie –«

In diesem Moment glitten die Türen der Gondel auseinander. Sie waren auf dem Berg angekommen. Tante

Sharon schnappte sich ihren Koffer, kletterte durch die Gondeltüre und Onkel Archibald folgte ihr auf dem Fuße. Auf der Freifläche hier oben war es noch viel kälter als im Tal, der Wind sauste ihnen nur so um die Ohren. Gerade als Otto seinen Trolley aus der Bergstation gerollt hatte und seine Jacke enger um den Körper schlang, entdeckte er Harold, der auf einem hölzernen Liegestuhl im Schnee saß und ein Bier trank.

»Hey, Leute! Na, habt ihr den Flug überlebt? Ich habe mir inzwischen ein Bier und etwas von diesen wunderbaren Knödeln genehmigt, die es hier überall gibt«, lachte er. »Ich habe schon so einige Sorten durch. Semmelknödel, Fleischknödel, Spinatknödel –«

»Harold!«, rief Tante Sharon.

»Erdbeerknödel, Blaubeerknödel –«

»HAROLD!«

»Schokoladenknödel, Nougatknödel –«

»HAROLD! Du bist im Sichtbar-Modus«, rief Tante Sharon aufgeregt. »Ich trage keine Brille und kann dich trotzdem sehen.«

»Sie hat recht, Knochenkopf«, meldete sich Vincent zu Wort. »Schnell, schwing deine Sense und mach dich durchsichtig.«

»Aber wozu denn?« Harold rollte mit den Augen. Heute trug er nicht seine übliche Kutte, sondern eine Schneejacke, die seine Knochen von Kopf bis Fuß verdeckte, außerdem einen Skihelm, eine bunte Skibrille und einen dicken Schal um seinen Kiefer. »Mit dem Outfit braucht man sich gar nicht zu verstecken. Ziemlich clever, oder?«

»Trotzdem solltest du dich lieber unsichtbar machen«, riet Tante Sharon. »Denn Emily und ihre Eltern werden in wenigen Minuten hier sein. Und die wissen nichts von einem Extragast, wenn du verstehst, was ich meine.«

»Apropos Extragast.« Harold stapfte in seinen dicken Moonboots auf Otto, Tante Sharon und Onkel Archibald zu und deutete dabei auf die Berghütte, die sich zwischen hohen Tannen etwas abseits der Liftstation befand. »Es gibt etwas, das ihr wissen solltet. Und nur um eins klarzustellen: Ich hab die beiden nicht eingeladen!«

Bevor Otto nachfragen konnte, was damit gemeint war, stürmte auch schon ihre Nachbarin Madame Olga aus der Hütte, die roten lockigen Haare wehten im Wind.

Statt ihrer üblichen Häkelsachen trug sie heute einen dicken Strickpullover und Wanderstiefel. »Ich weiß, das ist eine ziemliche Überraschung, Leute, aber es war ein Notfall! Wir mussten schleunigst aus dem Radieschenweg verschwinden und euch hinterher.«

Tante Sharon war ganz verdutzt. »Olga! Du hier?«

Onkel Archibald schien nicht minder überrascht zu sein. »Du sagtest *wir* … soll das etwa heißen –«

»Hallo, Freunde!« Rocko winkte aus dem Dachfenster der Hütte. »Wie schön, dass ihr endlich da seid!«

Madame Olga wirkte nicht ganz so überschwänglich. »Es tut mir leid, dass wir euch so kurzfristig überfallen. Wir haben heute früh den allerersten Flieger hierher genommen, weil mein geliebter Rocko im Radieschenweg nicht mehr sicher ist. Irgendjemand ist ihm wegen seiner Arbeit als Wunderheiler auf den Fersen und will ihn gegen eine ordentliche Belohnung ausliefern.«

»Das ist die Wahrheit, Tante Sharon«, bestätigte Otto. »Harold hat mir sogar das Fahndungsblatt des SBI gezeigt.«

Otto, Tante Sharon und Madame Olga blickten besorgt zu Rocko, der trotzdem bester Laune zu sein schien. »Will hier jemand einen karibischen Cocktail?«, rief er und winkte. »Wir haben zwar keine frischen Grapefruits, aber mir fällt bestimmt etwas ein.«

»Der immer mit seinen blöden Cocktails«, lästerte Vincent. »Wenn ihn das SBI in die Finger bekommen und nach Qualcatraz bringen würde, würde er dort vermutlich immer noch an bunten Drinks nuckeln.«

Qualcatraz. Ohne es zu wollen, musste Otto plötzlich wieder an seine Eltern denken. Auch wenn es mit Madame Olga und Rocko in der Hütte nahezu kuschelig eng werden würde, musste er sich heute Abend unbedingt ein ruhiges Plätzchen suchen und Dr Seymores Notizbücher durchackern. Und darin hoffentlich einen Hinweis finden, wie er seinen Eltern helfen konnte.

* * *

»Meine Güte, dieser Doktor Seymore ist ja echt ein Riesen-Langweiler«, jammerte Emily und deutete in das Notizbuch. »Das hier ist eine zwanzigseitige Abhandlung darüber, wie furchtbar die Zeit der Spanischen Grippe war. Dabei war er selbst nicht mal ansatzweise erkältet … Liest sich das vielleicht fad.«

Inzwischen war es beinahe Mitternacht und Otto und Emily blätterten schon seit Stunden durch Dr Seymores Notizbücher. Weil die Hütte mit den beiden neuen Gästen ziemlich voll geworden wäre, hatten Emilys Eltern sich freiwillig dargeboten, ein Zimmer im Tal zu nehmen. Und so saßen lediglich Tante Sharon, Onkel Archibald,

Madame Olga und Rocko in der Stube der Berghütte beisammen und spielten Karten, während Otto und Emily in Emilys Schlafstube die alten Dokumente wälzten. Noch hatten sie darin nicht den geringsten Hinweis auf Qualcatraz entdeckt. Das hier war nichts weiter als ein normales Tagebuch. Ein stinknormales, ziemlich langweiliges Tagebuch, um genau zu sein.

»Willst du uns nicht mal helfen, Harold?«, forderte Otto seinen knochigen Kumpel auf. Seit Stunden saß der auf einem Schaukelstuhl, hatte sich inzwischen in eine Felldecke gehüllt und schien in einen Roman vertieft. »Was liest du denn da eigentlich?«

»Ähm, nichts.« Harold ließ das Buch hinter seinem Rücken verschwinden. »Gar nichts, wirklich.«

»Jetzt sag schon!«, forderte Emily ihn auf.

»Na gut.« Harold holte den Roman hinter seinem Rücken hervor. »Das Buch heißt *Rosen auf Teneriffa* und ist der Nachfolgeroman von *Rosen auf Barbados.*« Grinsend fügte er hinzu: »Ihr wisst schon, wir haben erst die Verfilmung im Kino gesehen. Die Autorin, Rosalinde Schilcher, hat es ziemlich drauf. Sie schreibt Bücher, die einfach direkt ins Herz gehen.«

Otto rollte mit den Augen. Seit wann war Harold ein Fan von Schnulzenromanen? »Mann, Harold, hatten wir nicht gesagt, dass du Wache hältst, während wir Doktor Seymores Tagebücher durcharbeiten? Stell dir nur mal vor, Olga oder Rocko würden uns hier oben überraschen. Wir können den Raum nicht absperren und die Aufzeichnungen sind doch streng geheim.«

Harolds Blick glitt erneut auf die Seiten seines Buchs. »Ja, sofort. Nur noch fünf Seiten. Dann habe ich das Kapitel durch.«

Emily seufzte und blätterte weiter in den Tagebüchern. »Hier drin finden sich wieder nur seitenweise Aufzeichnungen über das Leben und Leiden in den früheren Jahrhunderten.«

Otto kicherte. »Und hier beschreibt er über Seiten, wie man ein WC benutzt. Hör nur mal:

12. Mai 1775

Es gibt Neuigkeiten! Wie es aussieht, hat ein kluger Schotte namens Alexander Cummings ein nützliches Gerät erfunden, welches den wunderbaren Namen Wasserklosett trägt. Anders als bei dem guten alten Nachttopf werden Exkremente nun durch einen Wasserstrahl wie von Zauberhand hinfortgeschwemmt. Dies ist gewiss viel praktischer, als Übelriechendes einfach aus dem Fenster auf die Straße zu kippen.

»Warte mal, vielleicht finde ich auch eine lustige Stelle.« Emily kicherte und blätterte durch die Seiten, doch dann hielt sie plötzlich inne. Ihr Blick wurde ernst. »Otto, schau. Diese Seiten hier sind noch unbeschrieben. An dieser Stelle hört die Handschrift abrupt auf.«

»Was? Lass sehen.« Otto rutschte an Emilys Seite.

Emily deutete auf das letzte Wort in Dr Seymores Notizen. »Sieh mal, beim letzten Wort sind ein Tintenklecks und ein langer Strich zu erkennen. Der Füller hat eine wilde Bewegung gemacht. Fast, als hätte jemand den Schreiber vom Pult weggezerrt.«

»Und nach Qualcatraz gebracht«, vervollständigte Otto den Satz aufmerksam. »Schnell, blättere weiter, Em. Ich will wissen, was als Nächstes kommt.«

»Nichts. Die nachfolgenden zwei Seiten sind komplett ohne Text. Ah, hier geht es weiter.«

Otto spähte über Emilys Schulter. »Du hast recht. Hier schreibt er plötzlich wieder weiter.«

25. Dezember 1775

Heute an Weihnachten habe ich sage und schreibe eine ganze Ente, zwei Kartoffelknödel und ein halbes Kilo Rotkraut verputzt. Hatte danach die schlimmsten Bauchschmerzen. Nehme mir vor, ab Januar einen strikteren Speiseplan einzuführen, damit mir mein Wams und meine Seidenbluse wieder passen!

»Das gibt's doch nicht«, murmelte Otto und schüttelte fassungslos den Kopf. »Da steht kein Wort darüber, warum er die letzten Monate nichts zu Papier gebracht hat. Aber es würde schon passen, dass er in dieser Zeit in Qualcatraz festsaß. Seymore hat nur leider einen banalen Eintrag drangehängt, der uns keinen Deut weiterbringt. Jetzt wissen wir genauso viel wie vorher.«

Emily nickte. »Und zwar, dass das erste Wasserklosett im Jahre 1775 erfunden wurde … und Doktor Seymore ein ziemlicher Vielfraß ist. Inklusive schlechter Verdauung!«

»Na toll.« Otto seufzte. »Vielleicht sollten wir für heute lieber aufhören. Es war ein langer Tag, außerdem gehen wir morgen Ski fahren.«

Emily stand auf und sah aus dem Fenster. »Wenn es weiter so schneit, können wir morgen nicht mal die Hüttentür öffnen und sind eingeschneit. Ein ziemliches Unwetter da draußen!«

»Unwetter?« Harold klappte seinen Roman zu, stand auf und gesellte sich zu Emily ans Fenster. »Also, ich finde das ziemlich romantisch. Schneegestöber, Kerzenschein, Glühwürmchen, die draußen umherflattern … Ach, wenn jetzt nur Gundula hier wäre!«

Otto musste lachen und klappte Dr Seymores Tagebücher zu. »Glühwürmchen? Hier, mitten in den hohen Bergen?«

Harold deutete nach draußen. »Na da, die zwei leuchtenden Punkte im Schnee. Siehst du die etwa nicht?«

Emily kniff angestrengt die Augen zusammen. »Das sind keine Glühwürmchen, sondern Taschenlampen.« Sie sog scharf die Luft ein. »Vor der Hütte ist jemand! Da sind zwei Schatten, die mit Taschenlampen in der Hand durch den Schnee stapfen.«

»Was?« Otto sprang auf und lief ans Fenster. »Wo?«

Emily blinzelte. »Jetzt sind die beiden Lichtkegel verschwunden.«

Harold zuckte mit den Schultern. »Wenn's keine Glühwürmchen waren, vielleicht war's ja eine Pistenraupe?«

»Hmm … das klingt lecker.« Vincent war aufgewacht, hob den haarigen Kopf und leckte sich über die Zähne. »Ist das etwa eine spezielle österreichische Raupenart? Muss ich morgen unbedingt probieren!«

Emily lachte. Mit einem kräftigen Pusten löschte sie die Kerze am Fensterbrett aus. »Das ist kein Tier, sondern ein Schneefahrzeug, das die Pisten für den nächsten Skitag präpariert. An dem beißt du dir die Zähne aus, Vincent.«

Otto seufzte und blickte erneut nach draußen. Die beiden Lichtkegel waren tatsächlich verschwunden und nun war nichts weiter zu sehen als der Vollmond, der sein fahles Licht auf die verschneiten Hänge warf.

Merkwürdig.

»Gute Nacht, Leute«, verabschiedete sich Otto müde, schnappte sich das Pillendöschen und die Tagebücher und verschwand in sein Zimmer. Dort klopfte er den Holzboden ab, fand ein morsches Dielenbrett, zog es beiseite und schob die beiden Schätze in den schmalen Zwischenraum darunter.

Sicher war sicher.

Landgraf Hubertus von Ochsenreuth

»Aye, Freunde! Na, was sagt ihr zu meinem ultracoolen Schnee-Outfit?«, erkundigte sich Rocko am nächsten Morgen und zeigte allen voller Stolz seine neuen Winterklamotten. Er steckte in einer dicken, rosa-weiß gemusterten Daunenjacke und einer knallgelben Hose, dazu trug er weiße Plüschstiefel aus Fell und pinkfarbene Fäustlinge.

Emily rutschte am Frühstückstisch näher an Ottos Seite. »Wie ein explodiertes Bonbon«, flüsterte sie in sein Ohr.

Otto kicherte und trank den letzten Schluck seiner heißen Schokolade. »Oder wie das Michelin-Männchen aus der Reifenwerbung. Nur bunter.«

»Du siehst so gut aus, mein Liebling«, säuselte Madame Olga und gab Rocko einen dicken Kuss auf die

gebräunten Wangen. »Ein perfektes Outfit zum Schneemannbauen.«

»Ihr kommt also gar nicht mit auf die Piste?«, erkundigte sich Tante Sharon und strich etwas Butter auf ihr Brötchen.

»Oh nein, ich glaube, wir sind zu alt für diesen Spaß!« Madame Olga stand auf und brachte ihren Teller in die Küche. »Aber euch viel Erfolg auf den Brettern! Hals- und Beinbruch.«

Pah, diese Feiglinge, dachte Otto. Doch als Otto und Emily schließlich zum ersten Mal auf ihren ausgeliehenen Skiern standen und den Hang hinabblickten, war Otto geneigt, Madame Olga doch recht zu geben. Wie gern wäre er doch auf der Hütte geblieben und hätte dort mit Olga und Rocko Schneemänner gebaut, nun, wo ihm klar wurde, wie steil die Pisten hier wirklich waren.

Ob er es heil ins Tal schaffte?

»Es ist gar nicht schwer, Otto«, munterte ihn Onkel Archibald auf und klopfte ihm auf die Schultern. So leicht, wie sein Onkel sich auf Skiern hielt, wirkte er wie ein echter Vollprofi. »Ich bin schon öfter Ski gefahren, und zwar während der wissenschaftlichen Kongresse, die ich in meiner Jugend in Österreich besucht habe. Ski fahren ist genauso einfach wie Rad fahren. Wenn man es einmal draufhat, verlernt man es nie wieder!«

So einfach wie Rad fahren? Das munterte Otto nicht

gerade auf. Zuerst waren Emilys Eltern wie zwei Pfeile voran ins Tal gesaust und jetzt entpuppte sich auch Onkel Archibald als Sportskanone. Fehlte nur noch, dass Scary Harry –

»Wow, Harold, seit wann kannst du denn Ski fahren?«, rief Onkel Archibald in diesem Moment, während der Sensenmann eingemummt in einen schwarzen Schneeanzug die ersten Schwünge nahm. »Du könntest glatt als Teilnehmer bei einem Weltcup-Rennen durchgehen.«

»Wir Sensenmänner sind nun mal echte Draufgänger!« Mit einem sportlichen Schwung kam Harold neben Otto und Onkel Archibald zum Stehen und nahm seine Skibrille ab. »Und fürchten weder Tod noch Teufel.«

Otto seufzte. Zumindest Tante Sharon fuhr wie eine echte Anfängerin, hielt nach jeder Kurve an, verschnaufte und widmete sich erst dann dem nächsten Bogen. Die würde bestimmt nach ihm im Tal ankommen. Zumindest ein kleiner Trost.

»Na los, Otto. Dein Onkel hat recht. Es ist gar nicht schwer.« Auch Emily hatte nach ihren vielen Ski-Urlauben in den letzten Jahren schon Übung. »Komm, fahr mir einfach hinterher.«

Es half nichts. Irgendwie musste er da runter. Und zurück in die Gondel zu steigen und abwärtszufahren, war keine Option. Damit würde er sich zur Lachnummer machen.

»Was ist, Vincent, versuchen wir's?«, murmelte Otto in seine Skijackentasche. Auf dem Weg von der Hütte zur Skipiste hatte sich Ottos Hausfledermaus in das Fleece eingekuschelt, drauf und dran, ein ausgiebiges Nickerchen zu halten, doch jetzt war Ottos Jackentasche leer. »Vincent? Vincent, wo steckst du?«

»Hier oben.« Vincent war ausgebüxt und flatterte über Ottos Skihelm im Kreis. »Ich hab schon mal das Weite gesucht, nur für den Fall, dass du gleich auf die Schnauze fällst und mich dabei zerquetschst.«

»Sehr ermutigend, danke«, murmelte Otto, schnappte sich seine Skistöcke und rutschte vorsichtig den Hang hinab. Die Piste war eisig und zu allem Übel überholte ihn jetzt sogar Tante Sharon, die sich an Onkel Archibalds Fersen geheftet hatte und viel schneller fuhr als gerade eben noch. Offenbar war auch sie ein ziemliches Naturtalent.

»Ist doch gar nicht so schwer, oder?«, rief Emily aufmunternd.

»Wenn nur die anderen Skifahrer nicht wären, die um mich herumdüsen«, schnaufte Otto und gab sich Mühe, die eisigen Stellen im Schnee zu umfahren. Doch gerade, als er vorsichtig die nächste Kurve nehmen wollte, sauste wie aus dem Nichts ein Skifahrer an ihm vorbei. Der Mann trug eine Lederhose, einen Trachtenhut und eine Skibrille und fuhr Otto beinahe über den Haufen.

»Achtung, junger Mann«, rief der Mann auf Skiern, doch Otto hatte bereits jegliche Kontrolle über seine Bretter verloren. Um nicht mit voller Geschwindigkeit in den Mann hineinzukrachen, versuchte Otto zu bremsen, verlor das Gleichgewicht und landete kopfüber im Schnee.

»Autsch!« Als Otto die Augen aufschlug, war rings um ihn herum alles weiß. Er lag auf dem Bauch in einem großen Schneehaufen, die Ski kullerten einige Meter entfernt durch den Schnee. Die Nässe kroch ihm unangenehm durch die Skijacke und sein Bein tat weh. Mist. Er hasste diesen Sport jetzt schon.

»Otto!« Emily hatte die Skier abgeschnallt, lief zu ihm und streckte ihm ihre Hand entgegen. »Otto! Das war ja vielleicht ein Sturz! Geht es dir gut?«

»Alles bestens. Es war nicht meine Schuld! Schuld war dieser Skifahrer mit der Lederhose.« Otto stand auf und klopfte sich den Schnee von den Klamotten. »Der da drüben. Er hat mich von hinten viel zu knapp überholt und ich wäre beinahe in ihn reingekracht.«

Emily sah sich um. »Ein Mann? In Lederhose? Hier auf der Skipiste? Wir sind doch längst die Einzigen hier! Alle anderen sind schon im Tal.«

Otto sah sich um. Der Mann, von dem er gesprochen hatte, war immer noch da. Ein Stückchen weiter hangabwärts hatte er angehalten, legte den Kopf schief und sah Otto gespannt an. Dann stieg er aus seinen Skiern und schritt in den Skischuhen auf Otto und Emily zu. »Da ist er doch! Er kommt direkt auf uns zu. Sag bloß, du kannst ihn nicht sehen, Emily.«

»Nein. Wen meinst du?«

»Das ist ja a Wahnsinn!«, lachte der Mann amüsiert, betrachtete Otto und nahm seinen Hut ab. »Herrschaftszeiten, einen so wilden Sturz habe ich ja in all den Jahren noch nie gesehen.«

Otto verschlug es beinahe die Sprache. »Sie … Sie sind ein Geist?«

»Warte mal.« Emily schmunzelte und folgte Ottos Blick, der ins Nichts zu führen schien. »Soll das heißen, du bist beinahe in einen Geist gekracht? Ein Ski fahrendes Gespenst?«

»Gespenst? Ich bin kein Gespenst, sondern ein Landgraf«, erklärte der Mann. Selbstbewusst reckte er sein Kinn, auf dem ein Ziegenbärtchen wuchs. »Landgraf Hubertus von Ochsenreuth. Und ich bin am Leben, jawohl.«

Otto schüttelte entschieden den Kopf. »Quatsch. Sie sind nicht mehr am Leben, sondern Sie sind ein Geist. Warum sonst sollten Sie für meine Freundin unsichtbar sein?«

»Hat vielleicht Tomaten auf den Augen«, brummte der Geist unwirsch und warf Emily einen abschätzigen Blick zu. »Ich bin jedenfalls noch am Leben. Zwar schon 127 Jahre lang, aber für mein Alter habe ich mich prächtig gehalten. Das machen die gute Bergluft und der Ausdauersport, jawohl!«

»Sie sind 127 Jahre alt?« Jetzt musste Otto grinsen. »Und da ist es Ihnen nicht in den Sinn gekommen, dass Sie zwischendurch mal ganz nebenbei verstorben sind, verehrter Herr Landgraf?«

Der Mann presste seine Lippen aufeinander und schien nachzudenken. »Nun, es gab tatsächlich eine tragische Sache, vor rund sechzig Jahren. Einen schlimmen Ski-Unfall. Doch ich habe mich davon wieder bestens erholt und bin fit wie eh und –«

»Kann es vielleicht sein, dass seit diesem tragischen Ski-Unfall vor sechzig Jahren keiner mehr mit Ihnen gesprochen hat?«, wandte Otto ein. Das war ja witzig, ein Geist, der ganz offensichtlich keine Ahnung hatte, dass er längst tot war. »Weil Sie keiner mehr sehen kann?«

Der Landgraf wackelte mit dem Kopf. »Jo mei! Manche Leut sind halt nicht sehr gesprächig.«

Otto kicherte und sah sich diesen Landgraf von Ochsenreuth genauer an. Ein wenig Mitleid hatte er schon mit dem Kerl, der nicht akzeptieren wollte, dass er das Zeitliche gesegnet hatte – andererseits war er immer noch sauer, dass dieser schräge Vogel seinen schlimmen Sturz verursacht hatte. Ottos linkes Bein tat immer noch weh, hoffentlich hatte er es sich nur verstaucht. »Ich würde mich gerne noch länger unterhalten, aber wir müssen jetzt weiter, Herr Landgraf.«

»Wartet! Ihr wollt schon gehen?«, rief ihm der Geist hinterher. »Wir hab'n uns doch noch nicht mal richtig kennengelernt.«

»Sorry, Freundchen«, antwortete Vincent. »In England, da wo wir herkommen, haben wir schon drei Geister mit Dachschaden. Und einen vierten namens Fernando von gegenüber, der hat einen nicht minder lustigen Akzent als du. Wir brauchen keine fünfte spukende Nervensäge mehr.«

»Aber –«, setzte der Landgraf an. »Ich könnte euer Reiseführer sein! Ich kenne die Alpen wie meine Westentasche. Und ich würde so gerne mal wieder länger mit Leut'n plaudern. Ich kenne so viele lustige Geschichten. Zum Beispiel, wie die Mozartkugel entstanden ist. Oder wusstet ihr, dass eine Palatschinke zwar etwas zu essen ist, aber nichts mit Schinken zu tun hat? Oder dass die Zahnpastatube in Österreich erfunden wurde? Oder du, Fledermaus, wusstest du, dass es allein in der österreichischen Hauptstadt Wien zwanzig verschiedene Fledermausarten gibt?«

»Hey!«, rief ihm Vincent hinterher. »Falls du es nicht gehört hast, irgendwann nach deinem Ableben hat man das Internet erfunden. Da kann man das alles nachlesen!«

»Vincent, das war ja nicht sehr nett«, erklärte Otto, während der Landgraf weiter oben zurückblieb und die drei den Weg ins Tal fortsetzten. Nach dem Sturz hatte Otto zumindest die Angst vorm Unbekannten verloren und es ging mit dem Skifahren langsam vorwärts.

»Na und? Der Kerl ging mir mächtig auf den Keks.« Vincent seufzte. »Pah, Fledermausarten. Für mich gibt es nur eine Fledermausart und die bin ich.«

Otto schmunzelte, während der Hang immer flacher wurde und sie zusammen das sichere Tal erreichten. Ski fahrende Geister! In Lederhosen! Auch wenn heute nur der erste Urlaubstag war – ein Gefühl sagte ihm, dass dieser Trip etwas ganz Besonderes werden würde.

* * *

Am darauffolgenden Abend blätterte Otto erneut durch Dr Seymores Aufzeichnungen. Besonders die unbeschriebenen Seiten hatten es ihm angetan und er wurde

den Gedanken nicht los, dass er vielleicht etwas Wichtiges übersehen hatte.

»Ach, komm schon, Otto.« Emily saß so bequem auf der Fensterbank, als würde sie jeden Moment dort einschlafen wollen. »Mach auch mal Pause. Diese uralten Tagebücher verraten doch nichts.«

Otto gähnte und lehnte seinen Kopf an die Wand. Der anstrengende Tag auf Skiern hatte ihn ziemlich müde gemacht. Er spürte, wie ihm schon im Sitzen die Augen zufielen. Vielleicht hatte Emily recht und ein Nickerchen konnte nicht schaden? Doch kaum hatte er sich ein wenig entspannt, tönte plötzlich eine laute Stimme durch den Raum, die ihn zusammenzucken ließ.

»Na endlich! Da seid's ihr! Ich hab 125 Hütten absuchen müssen! Ihr könnt's doch nicht einfach so etwas behaupten und mich dann stehen lassen!«

Otto blinzelte ins Licht. Vor ihm stand Landgraf Hubertus von Ochsenreuth. Zwar ohne Skier, aber immer noch in Lederhose, Hut und mit Skibrille auf der Stirn.

»Jetzt sog schon was, Bub!«

»Ich äh …« Träumte er etwa oder stand tatsächlich der Geist von heute Nachmittag vor ihm in der Hütte? Emily schien ihn jedenfalls nicht zu hören, außerdem war sie auf der Fensterbank eingeschlafen und gab keinen Mucks von sich. »Welche Behauptung denn?«

»Na, dass ich das Zeitliche gesegnet hätt!« Hubertus starrte ihn unglücklich an. »Ich halte das ja immer noch für einen Haufen ausgemachten Blödsinn, aber a bissl merkwürdig is' des schon, dass mich seit Jahren keiner mehr angesprochen hat. Außer dir. Wenn ich wirklich a Geist bin, warum siehst *du* mich dann?«

Otto seufzte. »Also, wenn ich dir das beantworten könnte, wäre ich auch schon ein Stückchen weiter.«

Hubertus schüttelte den Kopf. »Du bist a ziemlich merkwürdiger Bub. Was machst du da eigentlich? Schreibst in dein Tagebuch?«

»Das ist nicht mein Tagebuch«, erklärte Otto und seufzte. Er hätte nicht gedacht, dass es noch anstrengendere Geister als Sir Tony und Fernando gab. Aber in Österreich wohl schon. »Sondern ein … Projekt.«

Hubertus' Neugierde schien geweckt. »So? Was denn für ein Projekt?«

»Ein *geheimes* Projekt.«

Landgraf Hubertus schob beleidigt die Unterlippe vor. »Na komm, verrat's mir! Wem soll ich's denn erzählen? Spricht doch keiner mit mir.«

»Na fein. Es sind die Aufzeichnungen eines Bekannten namens Doktor Seymore. Und ich frage mich, warum er in einem vollgeschriebenen Buch einfach so einige Seiten frei gelassen hat. Seiten, auf denen für mich hilfreiche Informationen stehen könnten«, erklärte Otto. Zu viele Details wollte er auch nicht preisgeben, zumal er Hubertus dann so einiges hätte erklären müssen. Und der schien noch mit seinem eigenen Tod ziemlich überfordert zu sein.

Hubertus zuckte mit den Schultern. »Jo mei, vielleicht ist ihm die Tinte aus'gangen. Oder er hat sich den Platz aufgehoben, um … zu zeichnen!«

»Ich glaube nicht«, winkte Otto ab. Er bereute es schon, Hubertus überhaupt gefragt zu haben.

»Vielleicht hat er den Platz auch frei gehalten, um a paar Fotos einzukleben«, überlegte der Geist weiter. »Oder womöglich hat er mit unsichtbarer Tinte geschrieben –«

»Was hast du gesagt?« Otto war plötzlich hellhörig geworden.

»Vielleicht wollt' er Fotos einkleben! A Fotobuch draus machen. Manche Leut kleben ja so einiges in ihre Tagebücher –«

»Ich meinte, das danach!«

»Vielleicht hat er unsichtbare Tinte benutzt«, wiederholte der Geist. »Du weißt schon, irgendeinen Trick oder eine Geheimschrift, damit man nicht sieht, was da steht.«

Otto kaute auf seiner Lippe herum. Unsichtbare Geheimschrift. Davon hatte er schon gehört, auch wenn er es selbst noch nie ausprobiert hatte. Aber wie konnte man unsichtbare Schriften sichtbar machen? Und was hatte Dr Seymore als Tinte benutzt?

»Darf i die Seiten einmal sehen?«, wollte Hubertus wissen.

Otto überlegte, doch dann gab er sich einen Ruck, blätterte zu der betreffenden Stelle und zeigte sie Hubertus. »Um diese Seiten handelt es sich.«

Hubertus untersuchte die Blätter von allen Seiten. »Reiß sie mal aus dem Buch raus, dann können wir sie genauer studieren.«

»Rausreißen? Kommt nicht infrage!«

Hubertus brummte und prüfte die Seiten noch mal. »Vielleicht ist es Zitronensaft. Oder Milch. Hm. Wenn es Milch ist, dann brauchen wir eine Kerze. Vielleicht sehen wir dann was!«

»Eine Kerze?« Otto sah sich um. »Kein Problem.«

Es war gar nicht notwendig, die Seiten aus dem Buch zu trennen. Mit der linken Hand hielt Otto das leere Blatt vor die Flamme, mit der rechten das übrige Buch. Einige Sekunden lang passierte gar nichts, dann plötzlich schien sich das Blatt bräunlich zu verfärben. Ein verkohlter Geruch verbreitete sich im Raum.

»Du darfst das Blatt aber nicht zu stark erhitzen, sonst verbrennt das Papier.«

Otto nickte und sah zu, was passierte. Durch die Wärme der Kerze wurden langsam Umrisse einer Handschrift sichtbar.

»Milch! Er *hat* Milch benutzt!«, rief Hubertus begeistert und schwenkte seinen Hut vor Freude. »Lass a mal sehen, was steht denn da?«

Otto beugte sich näher zum Blatt. Leider stand da nicht besonders viel Text, sondern nur ein einziges Wort. Ein Wort und eine Zahl.

Raum 006

»Raum 006?«, wunderte sich Hubertus und kratzte sich am Kopf. »Das ist ja mal a komische Geheimbotschaft. Kannst damit irgendwas anfangen, Bub?«

Otto schüttelte den Kopf. »Ich habe keine Ahnung, was das bedeuten soll.«

»Bedeuten? Was denn bedeuten?« Emily war aufgewacht und schüttelte verwirrt den Kopf. »Mit wem sprichst du denn da, Otto?«

»Entschuldige, Em, ich wollte dich nicht wecken. Landgraf Hubertus von Ochsenreuth ist hier und hat mir gerade gezeigt, wie man Geheimschriften sichtbar macht. Und stell dir vor, Doktor Seymore hat mit Milch auf die leeren Seiten geschrieben. Und wir haben es geschafft, seine Botschaft sichtbar zu machen.«

»Was?« Vor Schreck plumpste Emily beinahe vom Fensterbrett. »Und das erzählst du mir erst jetzt?«

Otto schmunzelte. »Du hast so friedlich geschlummert.«

»Na und?«, fauchte Emily, sprang auf und kramte in ihrer Tasche nach der Geisterbrille. Dann setzte sie sie sich auf die Nase und sah sich um. »Huch! Jetzt kann ich ihn auch sehen. Was ist denn das für ein lustiger Hut?«

»Gestatten, gnä' Frau, Landgraf von Ochsenreuth.« Hubertus verbeugte sich vor Emily. »Und das ist kein lustiger Hut, sondern jahrhundertealte Tracht.«

»Okay, okay, Entschuldigung.« Emily schien ganz aufgekratzt. »Aber jetzt zeig schon das Buch her, Otto. Was steht denn da?«

»Freu dich nicht zu früh, Em.« Otto schob ihr das aufgeschlagene Tagebuch hinüber, wo Dr Seymores Milch-Geheimschrift nun deutlich lesbar war. »Ich kann mit der Botschaft nämlich gar nichts anfangen.«

»Raum 006«, las Emily. »Das könnte vieles bedeuten. Und ich wette, es steht in Verbindung mit Qualcatraz. Würde doch auch passen, dass die Nummer an der Stelle im Tagebuch steht, die er während seiner Gefangenschaft nicht füllen konnte.«

»Vielleicht die Nummer seiner Zelle?«, riet Otto. »Oder irgendeines anderen Raums in dem Gefängnis. Wer weiß, vielleicht hilft uns der Raum, den Ausbruch meiner Eltern zu planen.«

»Mist.« Emily dachte verzweifelt nach. »Wenn wir nur so etwas wie einen Plan von Qualcatraz auftreiben könnten.«

»Wir könnten Harold fragen«, schlug Otto vor.

Hubertus sah von Emily zu Otto und wieder zurück. »Wer ist Harold? Und was zum Geier ist denn Qualcatraz?«

Otto seufzte. »Ich würde dir ja gerne alles verraten, Hubertus. Aber nicht mehr heute. Es ist viel zu spät und ich bin todmüde. Am besten, du schwebst dorthin zurück … wo du auch sonst rumspukst.«

»Was? Ihr könnt mir doch nicht nichts erzählen und mich einfach abschieben!« Hubertus hockte sich auf das Sofa und verschränkte die Arme. »Ich gehe hier nicht weg. Nicht, bevor ihr mir verratet, was los ist.«

»Okay, dann bleib und mach's dir gemütlich. Schlüpf in den Staubsauger, verputz die Vorräte, versteck meine Socken oder tu sonst was, was Geister so tun«, brummte Otto. Hausgeister kannte er schon zur Genüge. Ein österreichischer Hüttengeist würde ihn sicher nicht um den Schlaf bringen, und wenn er noch so nervig war.

Raum 006

Die ganze Nacht über ließ sich Harold nicht blicken und ehrlich gesagt war Otto gar nicht so traurig darüber. Vom Skifahren hatte er solch einen Muskelkater bekommen, dass eine ruhige Nacht im Bett zur Abwechslung mal richtig guttat.

Erst am nächsten Tag, als Otto und Emily wieder auf die Piste gingen, dieses Mal mit Snowboards in den Händen, bekam Otto seinen knochigen Kumpel zu Gesicht. Mit den ganzen anderen Wintersportlern stiefelte er gegen Mittag im Sichtbar-Modus unbemerkt in die Skihütte *Zur Pistensau*, in der Otto und Emily gerade Essen bestellt hatten. Wiener Schnitzel mit Pommes und Ketchup.

»Sorry, dass ich hier einfach so reinschneie, aber es gibt wichtige Neuigkeiten«, erklärte Harold und begann

zu kichern. »Reinschneien, versteht ihr? Klasse Wortwitz, oder?«

»Ähm, ja, du bist eine echte Spaßkanone«, murmelte Otto der Höflichkeit halber. »Du sagtest was von wichtigen Neuigkeiten? Wir haben übrigens auch so einiges zu erzählen.«

»Ach ja?« Harold ließ sich auf die Holzbank gegenüber von Otto plumpsen. Einige der Hüttengäste guckten ihn irritiert an, weil er offenbar nicht vorhatte, seinen Skihelm und die Skibrille abzunehmen. »Ihr zuerst!«

Otto räusperte sich. »Na gut. Wir haben eine geheime Botschaft in Doktor Seymores Buch gefunden. Eine, die er in Geheimschrift verfasst hat.«

»Raum 006«, erzählte Emily weiter. »Das hat er mit Geheimtinte geschrieben. Sagt dir das irgendetwas, Harold?«

Harold legte den Kopf schief und schien nachzudenken. »Hm. Vielleicht ein neuer Treffpunkt. Ein Kinosaal?«

»Möglicherweise«, antwortete Otto. Die Blicke der Gäste hafteten immer noch auf Harold. Und nicht nur auf ihm – einige der Gäste schienen auch Otto und Emily genau unter die Lupe zu nehmen. Fragten sie sich etwa gerade, mit was für einem Spinner sich die beiden Kinder herumtrieben?

»Ich glaube nicht. Dann hätte er doch Saal 6 und nicht Raum 006 geschrieben«, widersprach Emily. »Vielleicht ist es ein Code? Oder irgendein anderes Rätsel, das wir knacken müssen.«

»Was denkst du, Otto?«, fragte Harold.

»Hm?« Otto hatte gar nicht richtig zugehört. Die beiden Männer, die an der Bar lehnten, Bier tranken und die ganze Zeit schon zu Ottos Tisch starrten, kamen ihm bekannt vor. Wenn er nur wüsste, woher. »Wie bitte?«

»Was denkst du, wofür Raum 006 steht?«, wiederholte Harold.

Otto versuchte, sich zu konzentrieren, und ließ die beiden Männer an der Bar für einen Moment aus den Augen. »Ich denke, es ist ein Raum in Qualcatraz. Ein Puzzlestück, das uns helfen könnte, meine Eltern aus ihrem Gefängnis zu befreien.«

Harold nickte. »Ein Raum in Qualcatraz, kein schlechter Tipp. Wenn ihr wollt, kann ich mich beim SBI mal heimlich umsehen. Vielleicht entdecke ich irgendwo einen Lageplan von Qualcatraz, inklusive Raumnummern. Zum Beispiel in Rattlebones altem Büro.«

»Das wäre fantastisch, Harold«, bedankte sich Otto, während ihm die Kellnerin eine große Portion Wiener Schnitzel mit Pommes vor die Nase stellte. »Jedes kleine bisschen an Information hilft uns weiter.«

Harold konnte seine Augen kaum vom Schnitzel lösen. »Klar doch, Otto!«

»Was waren eigentlich deine Neuigkeiten?«, fragte Otto und nahm einen Bissen. Das Schnitzel schmeckte wirklich genauso gut, wie es roch.

Doch Harold hatte nur Augen für das Stück Fleisch auf Ottos Teller. »Hm, das sieht ja vorzüglich aus –«

»Harold! Du wolltest uns was erzählen?«, erinnerte ihn Emily.

Harold sah auf. »Oh ja! Ich hab Neuigkeiten von Doktor Seymore. Stellt euch vor, er hat sich bei mir gemeldet. Hat mir einfach heute Morgen eine anonyme SMS auf mein Handy geschickt.«

»Wie bitte?« Vor Verblüffung fiel Otto die Gabel aus der Hand. »Und damit rückst du erst jetzt raus?«

»Was schreibt Doktor Seymore? Geht es ihm gut?«, fragte Emily gespannt.

»Nun ja, der alte Haudegen ist nicht totzukriegen«, lachte Harold amüsiert. »Momentan ist er allerdings nicht im Lande. Er versteckt sich, und zwar in Papua-Neuguinea.«

Papua-Neuguinea. Das war ja am anderen Ende der Welt. »Etwa vor seinen Verfolgern?«, wollte Otto wissen.

»Du sagst es.« Er beugte sich etwas näher zu Ottos Ohr. »Und er hat mir geraten, ebenso vorsichtig zu sein. Zwei Typen waren ihm bis zuletzt auf den Fersen. Typen, die von einem großen Pharmakonzern stammen und irgendwie mitbekommen haben, dass er im Besitz eines sensationellen Wirkstoffs ist. Eines Wirkstoffs, der das Leben nahezu unendlich verlängern kann.«

»Zwei Typen, sagtest du?« Otto blickte wieder zur Bar. »So wie die da?«

Emily sog scharf die Luft ein und folgte Ottos Blick. »Otto, das sind ja die zwei vom Flughafen, die mich des Diebstahls beschuldigt haben. Ich hätte sie in ihren Ski-Anzügen beinahe nicht erkannt. Aber ich bin mir sicher. Den Typen mit der rahmenlosen Brille könnte ich nie vergessen.«

»Dann los, Leute. Lasst uns verschwinden, bevor sie sich eine neue Masche einfallen lassen, um an die Pillen zu gelangen«, schlug Otto vor, kramte in seiner Tasche und legte zwanzig Euro auf den Tisch. »Das sollte reichen.«

Harold schien, als würde er jeden Moment in Tränen ausbrechen. »Aber das gute Schnitzel! Willst du es nicht aufessen, Otto?«

»Keine Zeit!« Otto stand auf und warf einen schnellen Blick zur Bar. Die Männer hatten mitbekommen, dass Otto, Emily und Harold abhauen wollten, und drängten sich zwischen den vielen Menschen in der Skihütte hindurch immer weiter in ihre Richtung. »Mist, ich glaube, sie kommen näher.«

»Hier!« Emily drückte sich an einer dicken Kellnerin vorbei in Richtung Hintertür. »Scheint, als wäre das hier so was wie ein Personalausgang. Los, Leute.«

Draußen angekommen, schnauften Otto und Emily einen Moment lang durch. Es würde nicht lange dauern, bis die Kerle herausfanden, dass die Truppe durch den Hintereingang geflüchtet war. Ob sie Skrupel hatten, Gewalt anzuwenden? Otto konnte sich jedenfalls noch gut an das irre Glitzern in den Augen des Brillenträgers erinnern.

»Wir müssen weg hier«, beschloss Emily und lief zu ihrem Sknowboard, das draußen an einer Hüttenwand lehnte. »Vincent? Vincent, wo steckst du?«

»Hier oben!«, rief Vincent vom Hüttendach. Er saß in der Dachrinne und ließ die Beine baumeln. »Ich versuche seit Stunden, ein paar dieser exotischen österreichischen Insekten zu fangen. Aber es sind keine unterwegs! Kann mir irgendjemand erklären, was Insekten im Winter so machen? Wo verschwinden die alle hin?«

»Keine Zeit für eine Biologiestunde, Vincent«, knurrte Otto. »Wir müssen abhauen. Die Typen vom Flughafen sind hier. Und wie es aussieht, sind sie uns auf den Fersen.«

»Du meinst, Brillenschlange und Mr Vollbart? Die, die dachten, Emily hätte geklaut?«

»Genau die!«

Emily befestigte die Schnallen des Snowboards an ihren Schuhen. »Los, ab ins Tal, und zwar schnell! Unten sind meine Eltern und Onkel Archibald, die rufen die Polizei, wenn die zwei uns auch nur annähernd belästigen.«

Otto glaubte, sich verhört zu haben. »Warte mal. Wir flüchten? Auf den Snowboards?«

»Willst du lieber davonfliegen?«, lästerte Harold und spähte um die Ecke. Dort flog soeben die Tür auf. »Oh, da sind sie. Sie sind gerade zum Haupteingang raus und sehen sich nach uns um.«

»Leute, sagt schnell, welche Piste sollen wir nehmen? Die blaue, die rote oder die schwarze?«, wollte Emily wissen.

»Die schwarze!« Harold schien nicht einen Moment darüber nachzudenken. »Auf der vermuten sie uns ganz sicher nicht. Und die ist ihnen auch bestimmt zu gefährlich.«

»Nicht nur ihnen«, knurrte Otto. Sein Herz schlug bis zum Hals, der Verfolger wegen – und besonders wegen der steilen, eisglatten Piste, die vor ihm lag. Blieb die Frage, was das geringere Übel war: zwei irre Typen, die es auf ihn abgesehen hatten – oder die schwierigste Piste dieses Bergs hinabzusausen. Auf einem Snowboard.

Emily jedenfalls schien sich schon entschieden zu haben. »Wo bleibst du denn so lange, Angsthase?«

Otto schluckte. Na fein, er würde es riskieren. Langsam setzte er sich in Bewegung, während die Piste unter ihm an Steigung zunahm. Es dauerte gar nicht lange, da hatte er eine solche Geschwindigkeit erreicht, dass er unmöglich stehen bleiben konnte. Doch mit jedem Meter gewann er an Zuversicht. Erstaunlich, dass es mit diesem Snowboard so viel besser klappte als gestern auf Skiern.

»Wow, Otto hat ja einen Affenzahn drauf!«, lachte Emily. »Wo hast du plötzlich so Snowboarden gelernt?«

»Das ist nichts als die pure Angst«, rief Otto zurück und kam nicht umhin zu grinsen. Vielleicht war es Galgenhumor, aber erstaunlicherweise machte ihm diese schwierige Abfahrt sogar Spaß. »Könnt ihr die Männer hinter uns sehen? Sind sie uns auf den Fersen?«

»Oh, verdammt. Ich sehe sie! Sie haben die gleiche Piste wie wir genommen.« In Emilys Stimme schwang Panik mit. »Mist, warum können diese Büroheinis denn so gut Ski fahren? Was machen wir denn jetzt?«

»Seht ihr das Teilstück, das vor uns liegt?«, rief Harold, der das Schlusslicht bildete. »Da macht die Piste eine Kurve, danach kommt ein buckeliger Tiefschneehang. Perfekt, um sich das Bein zu brechen.«

Otto glaubte, sich verhört zu haben. »Willst du damit sagen, wir müssen durch einen hügeligen Tiefschneehang?«

»Nee, ganz sicher nicht. Wir sind doch nicht irre. Außerdem hänge ich an meinen Knochen. Oder kennt ihr einen Arzt, der mir einen Gips anlegen würde, ohne schreiend davonzulaufen, wenn er mich sieht?« Hinter der Kurve hielt Harold an und stieg aus seinen Skiern. »Kommt, wir verstecken uns in dem Wäldchen neben der Piste. Aber ihr müsst schnell sein, sonst sehen sie uns.«

»Ich soll anhalten?«, rief Otto, der immer noch ziemlich schnell unterwegs war. Unter seinen Füßen sauste das Board unkontrolliert über den Schnee. Das Fahren war eine Sache – anhalten eine komplett andere. Bremsen hatte er nicht gelernt. »Wie um alles in der Welt geht das?«

Emily und Harold hatten längst das Wäldchen erreicht und ihre Skier gegen eine Tanne gelehnt.

»Drück die Kanten des Boards in den Schnee!«, schrie ihm Emily entgegen.

»Was?«

»Du musst den Oberkörper zum Hang drehen!«

Doch es half alles nichts. Anstatt zu bremsen, raste Otto mit voller Geschwindigkeit in das kleine Wäldchen und prallte mit dem Oberkörper gegen eine Tanne. Mit schmerzverzerrtem Gesicht plumpste er mit dem Po auf den feuchtkalten Waldboden.

»Tja, so kann man es auch machen, du Stuntman«, grinste Vincent, der gemütlich auf einem schneebedeckten Ast saß. »Zu schade, dass Emily nicht mitgefilmt hat, auf YouTube bekämest du sicher viele Klicks!«

»Vincent, das ist nicht lustig!«, knurrte Harold.

»'Tschuldigung, wenn ich Hunger habe, habe ich immer eine große Klappe.«

»Nur wenn du Hunger hast, Flugratte?«

Während Harold und Vincent stritten, beugte sich Emily zu Otto hinab. »Geht es dir gut, Otto?«

»Ja, mir geht's gut.« Otto prüfte, ob ihm irgendwelche Gliedmaßen besonders wehtaten, aber bis auf ein paar blaue Flecken ging es ihm zum Glück bestens. »Haben uns die Kerle entdeckt?«

Emily schüttelte den Kopf. »Nein. Die sind weiter die Buckelpiste runter, mitten rein in den Tiefschnee. Jede Wette, die kommen mit noch mehr blauen Flecken als du unten im Tal an. Und werden es sich hoffentlich zweimal überlegen, sich wieder mit uns anzulegen.«

Otto nahm Emilys Hand und ließ sich beim Aufstehen helfen. Ob Emily wirklich recht hatte? Wenn die Kerle tatsächlich Dr Seymores Pillen in die Hände bekommen wollten, würden sie sich von einer rumpligen Pistenabfahrt bestimmt nicht abschrecken lassen. Aber wenn sich einer von ihnen bei der wilden Abfahrt zumindest den Fuß verstaucht hatte, würden sie etwas Zeit gewinnen. Zeit, bis Dr Seymore auftauchte und dieses wertvolle Pillendöschen wieder an sich nahm. Sollte der sich doch mit der Brillenschlange und dem bärtigen Dicken herumschlagen.

»Und jetzt?«, fragte Vincent. »Was machen wir jetzt?«

»Jetzt kommst *du* zum Einsatz«, beschloss Scary Harry. »Du flatterst jetzt mal flugs ins Tal, prüfst, wo sich diese zwei Pistenrowdys aufhalten, und warnst Sharon und Archibald. Sie sollen auf sich aufpassen, wer weiß, ob die Kerle nicht auch die beiden im Visier haben.«

»Na toll. Immer bleibt die Arbeit an mir hängen.« Vincent blickte sehnsüchtig zurück zur Piste, wo eine Gruppe Skifahrer in schnellen Schwüngen vorbeizog. »Wenn ich das mache, kauft ihr mir dann Spielzeugskier? Ihr wisst schon, kleine Miniskier, mit denen ich mit euch mitfahren kann? Wir könnten eine Skigang gründen. Die rot-weiß-roten Pistenrowdys! Wir könnten uns T-Shirts drucken lassen. Oder noch besser: Skijacken! Das wäre doch der Hammer!«

»Du willst Ski fahren? Sicher nicht!«, beschloss Otto. War Vincent jetzt komplett verrückt geworden? So klein, wie der war, würde er bestimmt überfahren werden.

Vincent gab ein Jaulen von sich. »Aber warum nicht? Im Internet gibt es eine Dänische Dogge, die Ski fahren kann. Warum sollten das Fledermäuse nicht genauso können?«

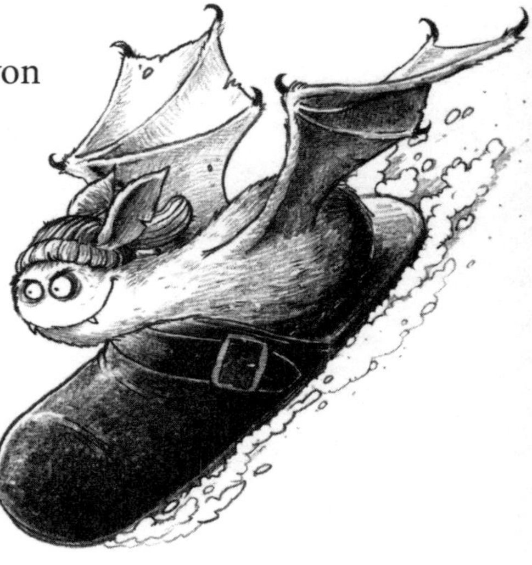

»Du darfst mit uns Schlitten fahren«, bot Emily großzügig an. »Das muss reichen. Aber auch erst, nachdem wir die beiden Irren vom Flughafen losgeworden sind. Okay?«

Otto blickte nachdenklich zurück zur Piste, während Vincent ins Tal flatterte, um die Lage zu sondieren. Gut, dass Otto die Pillen in der Hütte sicher versteckt hatte. Denn was die Typen auch immer vorhatten – er würde sich jetzt bestimmt nicht mit den beiden herumschlagen. Etwas anderes war viel wichtiger. Und zwar seine Eltern. Seine Eltern und natürlich Raum 006.

Die Zeit wird knapp

Hey, Kumpel!« Rocko legte seinen Arm um Harold und rutschte etwas näher an ihn heran. »Ich habe gehört, ihr habt heute eine krasse Verfolgungsjagd auf der Piste hingelegt? Mann, da wäre ich gern dabei gewesen.«

Harold stand auf und lief in Ottos Zimmer in der Berghütte auf und ab. »Noch mal zum Mitschreiben, Wunderheiler«, erklärte er mit erhobenem Finger und funkelte Rocko verärgert an. »Ich bin nicht dein Kumpel! Außerdem dulde ich lediglich deine Anwesenheit. Nur weil du ein Freund von Ottos Familie bist, habe ich dich bis jetzt nicht beim SBI angezeigt und dafür eine fette Belohnung kassiert, du kleiner Ins-Handwerk-Pfuscher, du! Verstanden?«

Otto seufzte. Inzwischen war es dunkel und Otto,

Emily und Harold hatten es sich vor ein paar Stunden auf Decken in Ottos Zimmer gemütlich gemacht und knabberten Popcorn aus der Tüte. Gleich danach hatte sich Rocko dazugesellt und wich Harold seitdem nicht von der Seite. Madame Olgas jamaikanischer Freund schien sich nichts mehr zu wünschen, als sich endlich mit Harold anzufreunden.

»Aye, null Problemo. Soll ich dir einen Cocktail mixen?«, bot Rocko an. Egal, was Harold zu ihm sagte, das Dauergrinsen schien Rocko niemals abzulegen. »Ich habe extra heute im Tal Zutaten gekauft. Limonen, frische Orangen und eine Ananas.«

»Meinetwegen«, knurrte Harold.

»Perfekto. Bin in einer Sekunde zurück«, versprach Rocko und hüpfte vor lauter Freude aus Ottos Zimmer.

»Puh. Ich dachte fast, er würde nie verschwinden«, wisperte Emily, als die Tür zufiel und die drei wieder alleine waren. »Warum kannst du nicht einfach so tun, als ob ihr Buddys wärt, Harold? Dann lässt er uns vielleicht in Ruhe und hockt sich wieder runter zu seiner geliebten Olga.«

Otto seufzte. »Ja, das wäre gut. Wir müssen unbedingt in Sachen Raum 006 weiterkommen und herausfinden, was die Botschaft bedeuten soll. Und außerdem müssen wir noch mal versuchen, Vincent über die Schneekugel nach Qualcatraz zu schicken. Ich hoffe, dies–«

Weiter kam Otto nicht. Rocko war wieder zurück und hatte im Rekordtempo vier karibische Cocktails gemixt. »Einmal Ananas für Otto, Orange für Emily und dann mein persönlicher Best-of-Cocktail für meinen Kumpel Harold. Inklusive frisches Eis von draußen.«

»Pffffff.« Harold spuckte seinen Drink aus. Ein paar Spritzer landeten in Rockos Gesicht. »Warte, du hast Schnee da reingetan?«

»Aye, hab ich. Frischen österreichischen Bergschnee, der vor der Hütte gelegen hat! Wenn man in den Alpen ist, braucht man doch keine Eiswürfel, oder?«

Harold schnitt eine Grimasse und reichte Rocko seinen Drink zurück. »Und was ist, wenn da jemand reingepinkelt hat? Igitt.«

Harold hatte schon recht. Wenn Rocko Schnee von draußen statt Eiswürfeln in die Getränke gab, war das wirklich nicht besonders appetitlich. Gerade als Otto schon anbieten wollte, für die ganze Truppe eine Kanne Kräutertee mit Honig zu holen, hörte er aus der Ecke des Zimmers ein Geräusch, das ihm bekannt vorkam.

»*Kliiiing, Kliiiing.*«

Es war so leise, dass er erst dachte, sich verhört zu haben.

»Otto! Die Schneekugel!« Emily war aufgesprungen. »Jemand ruft dich an.«

Emily hatte recht. Wie von der Tarantel gestochen lief

Otto zu seinem Koffer, kramte zwischen seinen Sweatern herum und beförderte die Schneekugel zutage, die in allen Farben blinkte. Erwartungsvoll blickte er in die Runde.

»Na los, mach schon«, forderte ihn Harold auf. »Nimm ihn an!«

Etwas unsicher strich Otto über den Kuppelrand. Wenn er den Anruf entgegennahm, bekam Rocko mit, wo sich seine Eltern aufhielten. Andererseits schien der Wunderheiler sein Herz auf dem rechten Fleck zu haben – auch wenn er supernervig sein konnte. Otto blieb keine andere Wahl, als Rocko ins Vertrauen zu ziehen. Er wollte nicht erneut auf ein Lebenszeichen seiner Eltern warten müssen.

»Hallo, Mum?«, rief Otto mit zittriger Stimme und beugte sich näher zum Kuppelrand. Bis jetzt war er nur von seinen Eltern durch die Schneekugel angerufen worden. Hoffentlich waren es diesmal auch wieder die beiden.

»Otto.«

Die Stimme seiner Mutter ließ ihn augenblicklich aufatmen. Auch wenn Otto sie in der Kugel wieder nicht sehen konnte, es reichte ihm, sie zu hören. »Mum, wir arbeiten daran, euch da rauszuholen. Bitte, habt noch ein wenig Geduld –«

»Uns läuft die Zeit davon, Otto.« Die Stimme seiner

Mum klang anders als bei den anderen Gesprächen durch die Schneekugel. Besorgt. Er konnte sich nicht erinnern, sie davor schon einmal so gehört zu haben.

»Was … was ist los?«, erkundigte sich Otto.

»Dein Vater ist ziemlich krank, mein Schatz.« Offenbar kamen ihr die Worte nur schwer über die Lippen. »Er braucht dringend Medikamente gegen eine schwere Grippe. Und die schrecklichen Aufseher wollen uns nichts geben. Wie es aussieht, gibt es im Jenseits keine Apotheken.«

»Kein Wunder, sind ja alle tot«, murmelte Harold augenrollend.

»Tante Sharon hat Medizin dabei«, fiel Otto ein. »Sie nimmt immer welche mit, für den Fall, dass jemand im Urlaub krank wird.«

»Oh, gut.« Seine Mutter klang erleichtert. »Otto, ihr müsst es schaffen, uns etwas davon nach Qualcatraz zu schicken.«

Otto schwieg, während seine Gedanken Achterbahn fuhren. Das war nicht so einfach. Dazu mussten sie endlich das verdammte Portal in die Zwischenwelt aufbauen. Mithilfe des Trichters würde er nicht nur Medizin schicken, sondern auch gleich selbst dorthin reisen können, um sie ihnen zu übergeben. Wenn er nur endlich wüsste, wie ihm der Hinweis auf Raum 006 dabei helfen konnte.

»Mum!« Ottos Stimme zitterte, während er die Frage stellte. »Vorher musst du mir noch bei einer Sache helfen. Gibt es in Qualcatraz einen Raum mit der Nummer 006? Ein Freund ist der Ansicht, dass der Raum uns dabei helfen könnte, euch aus dem Gefängnis zu holen.«

Seine Mutter schien nachzudenken. »Hier in Qualcatraz sind die Blocks nach Buchstaben benannt und dann gibt es noch Zellen. Wir sind in Block B, Zelle 117. Aber warte mal, Otto, bist du sicher, dass sich der Raum auf Qualcatraz befindet? Im Hauptquartier des SBI gibt es einen Raum 006.«

»Sie hat recht!« Harold war aufgesprungen und klatschte in die Hände. »Warum habe ich daran nicht früher gedacht? Das könnte ein Raum im Hochsicherheitstrakt des SBI sein! Die Räume 001 bis 010 befinden sich alle in einem Flügel des SBI, der für einfache Sensenmänner nicht zugänglich ist. Man munkelt, dass sich darin Riesenkühlschränke gefüllt mit Essen, spaßige Wasserrutschen, Hüpfburgen, Videokonsolen und anderes cooles Zeug befindet, mit dem sich die elenden Oberbosse die Zeit vertreiben.«

»War das etwa dein Kumpel, der Sensenmann?«, wollte Ottos Mum wissen.

»Ja! Er will uns helfen, euch zu befreien.« Fieberhaft überlegte Otto, was er seine Mutter noch fragen konnte.

»Mum, woher wusstest du, dass sich Raum 006 im SBI-Hauptquartier befindet? Weißt du auch, wofür der Raum genutzt wird?«

Seine Mum schwieg für eine Weile. »Er wird genutzt, um Gefangene nach Qualcatraz zu befördern. Das ist der einzige Raum im ganzen Jenseits, von dem aus eine Verbindung ins Gefängnis möglich ist.«

Vor Spannung hielt Otto die Luft an. Das war es, was die geheime Botschaft in Dr Seymores Tagebuch zu bedeuten hatte. Raum 006 war der einzige Raum, durch den man vom Jenseits in die Zwischenwelt reisen konnte. Kein Wunder, dass er im Hochsicherheitstrakt des SBI lag.

»Und wie kommt man da rein?«

Ottos Mum zögerte. »Wenn man der SBI-Oberboss ist, ist das kein Problem. Oder wenn man inhaftiert ist, so wie wir.«

»Mist«, fluchte Otto. »Mum, hast du irgendeine Idee, wie wir es schaffen könnten, in diesen Raum –« Jetzt drang plötzlich starkes Rauschen aus der Glaskuppel. »Mum, kannst du mich hören?«

»Ich muss aufhören, Otto«, flüsterte sie noch schnell, dann erlosch das Licht und tauchte Ottos Schlafzimmer in vollkommene Dunkelheit.

* * *

In der darauffolgenden Nacht toste vor der Hütte ein gewaltiger Sturm. Das morsche Holz knarzte und Otto hatte richtig lange gebraucht, um einzuschlafen, doch irgendwann hatte ihn die Müdigkeit doch noch übermannt und er war in einen tiefen Schlaf gefallen. So tief, dass er es gar nicht mitbekam, als jemand mitten in der Nacht die Treppen zu Ottos Zimmer hinaufstieg und die Tür öffnete.

»Alaaaarm, Otto, wach auf!«, krähte Vincent, der von der Vorhangstange baumelte. »Da ist jemand in deinem Zimmer! Schwing dich aus dem Bett, und zwar schnell, hörst du?«

Unmittelbar danach ertönte ein lautes Poltern, das Otto schließlich vollends aus dem Schlaf riss. Er blinzelte und entdeckte einen dunklen, großen Schatten, der sich langsam durch sein Zimmer bewegte.

»Harold, bist du das? Bist du zurück aus dem Jenseits? Hast du etwas herausfinden können?«, fragte Otto. Der Sensenmann war nach dem Hinweis auf Raum 006 ins Jenseits gereist, um zu prüfen, ob es möglich war, sich Zugang zum SBI-Hochsicherheitstrakt zu verschaffen. »Und bist du da gerade eben über meinen Koffer gestolpert?«

»Schscht, mein Junge. Sag mir, wo sich die Pillendose befindet, die wir suchen. Und keinem wird etwas passieren, versprochen.« Der Schatten hatte plötzlich das Licht angeknipst.

Ottos Herz setzte für einen Schlag aus, während sich seine Augen an das grelle Licht gewöhnten, das in diesem Moment das Zimmer flutete. Vor ihm stand der Mann vom Flughafen. Der mit der rahmenlosen Brille. Der, der ihn, über die Skipiste verfolgt hatte.

Und der mit einem Bein ziemlich hinkte.

»Was … wie sind Sie in die Hütte gelangt?«, stammelte Otto und stieg aus dem Bett. Im Zimmer war es eiskalt, aber vor lauter Angst bemerkte Otto das gar nicht. »Verschwinden Sie, sonst wecke ich meine Tante und meinen Onkel.«

Der Mann mit der Brille lachte. »Die sind schon längst wach. Und ich würde dir raten, schnell mit der Sprache rauszurücken, wenn du willst, dass sie nicht zu Schaden kommen. Genau wie eure üppige Nachbarin und deine kleine Freundin.«

»Verschwinden Sie!« Vincent flatterte um den Kopf des Mannes herum. »Ich habe vor einigen Jahren schon mal zwei Einbrecher in die Flucht geschlagen, also werde ich mit Ihnen auch fertigwerden!«

Der Mann mit Brille wirkte kurz irritiert. »Das Tier kann sprechen?«

»Es kann auch beißen, Brillenschlange«, knurrte Vincent. »Und treten! Und wer weiß, vielleicht verstecken sich auch Flöhe oder ansteckende Keime in meinem Fell!«

»Eine sprechende Fledermaus, na meinetwegen.« Der Typ schien sich von Vincent nicht weiter aus der Ruhe bringen zu lassen und versetzte ihm mit seiner linken Hand einen kräftigen Hieb, der Vincent unkontrolliert in ein Eck des Raums segeln ließ. »Gib mir die Pillen, mein Junge. Und zwar sofort.«

Otto versuchte, sich zu konzentrieren. Der Kerl behauptete also, er habe Onkel Archibald, Tante Sharon, Emily und Madame Olga in seiner Gewalt. Das konnte der Wahrheit entsprechen, allerdings konnte es genauso gut gelogen sein. Zudem konnte Otto nirgendwo am Körper des Mannes eine Waffe erkennen. Weder in seinem Hosenbund noch in seiner Jackentasche. War er also wirklich gefährlich?

»Ich glaube Ihnen nicht.« Otto beschloss, mutig zu sein. Er würde dem Kerl ganz bestimmt nicht das Pillendöschen aushändigen, auch wenn es sich nur wenige Meter neben seinem Bett unter einem losen Dielenbrett befand.

»Nicht? Na, dann komm mal mit«, bot der Mann mit hämischem Grinsen an und wies Otto den Weg in den Flur, dann schnappte er sich Ottos linken Arm und zog ihn grob die Treppen hinunter.

»Autsch!«, beschwerte sich Otto und versuchte, sich aus dem Griff zu befreien.

Doch der Mann war stärker.

»Gib uns die Pillen und wir beenden das alles hier.«

»Keine Chance. Mein Kumpel Harold kann nicht weit sein. Und der wird Ihnen zeigen, was es heißt, sich mit uns anzulegen.«

»Du meinst den hageren Typen, der niemals seinen Skihelm abnimmt?«

»Genau den. Und wenn Sie schon eine sprechende Fledermaus nervös macht, dann warten Sie mal, bis sie ihn zu Gesicht bekommen!«

»Bis dieser Spinner hier aufkreuzt, sind wir schon

längst mit euch fertig«, knurrte der Mann und stieß Otto unsanft in die Wohnstube der Berghütte, wo bereits sein bärtiger Assistent auf Otto wartete.

Wie es aussah, hatte die Brillenschlange vorhin nicht geblufft. In der Stube saßen Tante Sharon, Onkel Archibald, Emily und Madame Olga, gefesselt auf Holzstühlen, Rücken an Rücken. Außerdem hatte der bärtige Kerl ihre Münder zugeklebt.

Otto schluckte. Dieser Anblick gefiel ihm ganz und gar nicht.

»Na? Glaubst du mir jetzt endlich?«, lachte die Brillenschlange zufrieden. »Drei, zwei eins … Raus mit der Wahrheit!«

»Hey, Sie, meine Herren!«, meldete sich Emily plötzlich zu Wort. Irgendwie musste sie es geschafft haben, den Klebestreifen auf ihrem Mund kaputt zu beißen. »Sie müssen mir das noch mal erklären. Was sagten Sie, werde passieren, wenn wir Ihnen die Zauberpillen nicht aushändigen?«

»Wie oft denn noch, Prinzessin?« Der Typ mit dem Bart wirkte ungehalten und deutete auf ein Walkie-Talkie, das in der Stube auf dem Tisch lag. »Ihr habt sechzig Minuten lang Zeit, zu entscheiden, was euch lieber ist. Uns das Versteck eurer Pillen zu verraten. Oder durch eine gigantische Lawine in den Schneemassen begraben zu werden.«

»Was?«, rief Otto. Sein Herz schlug ihm bis zum Hals. »Sind Sie verrückt geworden?«

Der Mann mit der Brille grinste bis über beide Ohren und zeigte seine perfekt stehenden weißen Zähne. Im Gegensatz zu anderen Ganoven, mit denen Otto bereits zu tun gehabt hatte, wirkte der Kerl ziemlich sauber und gepflegt. Aber wer sagte eigentlich, dass Bürostuhlfritzen nicht genauso schlimme Schurken sein konnten?

»Wir haben auf dem Gipfel des Berges zwei Sprengsätze deponiert«, erklärte der bärtige Mann. »Die Wucht der Explosion bringt die Schneemassen in Bewegung, die dann geradewegs ins Tal sausen und diese Hütte so platt machen wie ein Wiener Schnitzel. Natürlich inklusive aller Personen, die sich darin befinden.«

»Das glaube ich nicht«, knurrte Emily. »Zeigen Sie mir noch mal die Karte, auf der Sie alles eingezeichnet haben!«

Die beiden Männer seufzten und falteten eine große Landkarte auseinander, während Emily Otto anstarrte und versuchte, ihm ein Zeichen zu geben. Offenbar sollte die kleine Aktion mit der Landkarte nur zur Ablenkung dienen.

»Otto! Lauf!«, formten ihre Lippen. Mit großen Augen sah sie ihn an. »Ruf! Harold! An!«

Harold anrufen. Das wäre keine schlechte Idee, wenn

er sein Handy nicht vor lauter Schreck über den nächtlichen Besucher auf seinem Nachtkästchen liegen gelassen hätte.

»Hier«, wisperte Emily. Etwas ungelenk wegen der gefesselten Hände warf sie etwas Glitzerndes in Ottos Richtung, das sie aus der Seitentasche ihrer Schlafanzughose gefischt hatte. »Hier ist mein Handy. Schnell, lauf und hol Hilfe!«

Das ließ sich Otto nicht zweimal sagen. Während die beiden Kerle immer noch mit der kompliziert gefalteten Landkarte kämpften, nutzte Otto die Gunst der Stunde, steckte Emilys Handy in die Tasche seiner Pyjamahose, schnappte sich Stiefel und seine Jacke und flüchtete nach draußen in die stürmische Nacht.

Auf der Suche nach Hilfe

Der Wind blies so kalt, dass er sich anfühlte wie tausend Nadelstiche, zudem hatte es in den letzten Stunden so stark geschneit, dass jeder Schritt eine Herausforderung darstellte. Aber das war jetzt alles nicht wichtig. Wichtig war, dass Otto es schaffte, sich zu verstecken. Irgendwo, wo ihn die beiden Kidnapper nicht finden konnten. Und wo er Harold anrufen konnte.

Otto zog die Jacke enger um sich und stapfte durch den Schnee, immer in Richtung der Gondelstation, mit der sie am Ankunftstag heraufgefahren waren. Währenddessen warf er immer wieder einen Blick auf Emilys Handy.

KEIN EMPFANG

»Mist. Verfluchte Einöde!«, schimpfte Otto und stapfte weiter. Der Sturm schien nun etwas schwächer zu werden und der Vollmond drang durch die Wolkendecke. So konnte Otto wenigstens sehen, wo er hinlief.

»Verfluchter Sensenmann! Immer da, wenn man seine Ruhe will, und wenn man ihn einmal braucht, ist er wie vom Erdboden verschluckt! Bestimmt gucken er und Gundula sich gerade gemeinsam einen schnulzigen Film an«, lästerte Vincent und landete auf Ottos Schulter, »während wir hier in der Eiseskälte um unser Leben bangen.«

»Vincent?«, staunte Otto. »Du bist den Typen entkommen und mir gefolgt?« Noch nie hatte es so gut getan, die Stimme seiner rotzfrechen Fledermaus zu hören.

»Also, entschuldige mal, Otto, glaubst du echt, die könnten mich in die Finger kriegen? Ich bin so schnell und wendig wie … wie ein Kolibri! Wobei, ein Kolibri ist kein guter Vergleich, ich bin viel toller als so ein bunter Vogel! Eher wie … eine ferngesteuerte, supercoole Hightech-Drohne.«

»Ist dir irgendjemand gefolgt?«, wollte Otto wissen.

»Ich fürchte, ja. Als du verschwunden bist, ist die Brillenschlange sofort nach draußen gestürzt, um dich zu suchen. Du solltest dir also nicht allzu viel Zeit lassen.«

»Hab ich nicht vor«, keuchte Otto und blickte über seine Schulter. Es war zu finster, um genügend zu sehen.

Aber die Lichter der Hütte leuchteten noch in der Ferne. »Deshalb muss ich schnell zur Gondelbahn, um ins Tal zu fahren.«

»Du meinst die Gondelbahn, die erst morgens um fünf Uhr wieder in Betrieb ist?« Vincent landete auf dem Hinweisschild, das an einer Absperrung angebracht war, die gerade vor ihnen im Dunkel auftauchte. »Ich glaube, es bleibt uns nichts anderes übrig, als zu Fuß den Berg hinabzulatschen.«

»Warte mal.« Hinter der Absperrung hatte Otto einen schwarzen Schatten entdeckt. »Hier ist jemand.«

»Otto?«, rief jetzt eine Stimme, die ihm vage bekannt vorkam.

»Rocko!« Jetzt, wo der Schatten ins Licht des Vollmonds getreten war, bestand kein Zweifel. Madame Olgas neuer Freund trug seinen bunten Pyjama, eine Daunenjacke und steckte in seinen Fellstiefeln. »Was … was tust du denn hier?«

»Ich bin geflüchtet, Kumpel«, begann Rocko. Er wirkte ziemlich aufgelöst, Tränen glitzerten in seinen Augen. Ein ungewohnter Anblick. »Ich will nichts wie weg von hier. Weg von diesem eisig kalten Berg, weg von diesen Ganoven, zurück nach Jamaika. Vielleicht hätte ich niemals nach England kommen sollen.«

»Jetzt beruhig dich doch mal.« Otto kletterte über die Absperrung, nahm Rocko an der Hand und führte ihn unter eine Überdachung. Hier blies der Wind zumindest nicht so stark. »Wir müssen Madame Olga, Emily, meine Tante und meinen Onkel retten, Rocko. Und dazu brauche ich deine Hilfe!«

Rocko schüttelte vehement den Kopf. Die schwarzen Strähnen flatterten im Wind. »No, no, no. Otto, ich bin ein feiges Huhn. Ein armseliges Würstchen.«

»Da hat er zur Abwechslung mal recht«, kommentierte Vincent.

»Ich gehe nicht zurück in die Hütte, Kumpel.« Rocko zog einen kleinen Schlitten aus einem dunklen Eck hervor. »Dieses Ding habe ich gefunden. Jemand muss es tagsüber hier vergessen haben. Damit werde ich mich jetzt in Richtung Tal aufmachen. Und morgen früh zurück nach Jamaika verschwinden, *that's it*!«

Er wollte verschwinden? Und Madame Olga zurücklassen? »Rocko, warte –«

»*No*, Otto.« Rocko warf Otto einen letzten Blick zu. »Das ist mir alles zu viel. Ich bin doch nur ein kleiner Wunderheiler und kein Actionheld!«

»Nicht! Rocko, komm zurück!«, schrie Otto ihm hinterher, doch der Wunderheiler dachte nicht daran, umzukehren. Im schwachen Mondlicht stapfte er bis zu einer angrenzenden Skipiste und zog dabei den Schlitten nach sich.

»Adios, Freundchen. Tut mir leid!« Rocko winkte zum

Abschied, bevor er in der Dunkelheit verschwand und Otto mutterseelenallein zurückließ. Vor Wut, Ärger und Verzweiflung fühlte Otto sich wie gelähmt. Er kam erst wieder zu sich, als sich von hinten eine Hand fest um sein Handgelenk schloss.

* * *

»Also echt, mein Junge, dich zu finden, war wirklich ein Kinderspiel«, schimpfte die Brillenschlange und zog Otto unsanft durch den Schnee in Richtung Hütte. »Nicht nur, dass ich einfach deinen Spuren im Schnee nachlaufen konnte – da schreist du auch noch so laut durch die Gegend, als würdest du gefunden werden wollen. Was für ein Anfängerfehler.«

Otto brummte und ärgerte sich über sich selbst. Das mit den Spuren im Schnee hatte er in der Tat nicht bedacht. Nur gut, dass der Kerl Otto zwar gehört hatte, aber nicht dahintergekommen war, wem er hinterhergerufen hatte. Bestimmt war Rocko längst unterwegs ins Tal und buchte dort den ersten Flieger zurück in die warme Karibik.

Als die Brillenschlange Otto zurück in die Stube brachte, konnte der die Verzweiflung in den Gesichtern der anderen sehen. Dass Otto gefasst worden war, war kein gutes Zeichen.

»Mhhhhm«, stöhnte Emily und rutschte auf ihrem Stuhl nervös hin und her. Der bärtige Mann hatte ihr den Mund offenbar wieder zugeklebt.

Doch die beiden Kidnapper reagierten nicht. Der Bärtige packte Otto am linken Arm, die Brillenschlange am rechten, während sie ihn grob auf einen Stuhl drückten und mit Paketband umwickelten. So sehr er sich wehrte, die beiden waren stärker als Otto.

»So, und jetzt noch mal im Klartext«, begann die Brillenschlange. »Über dieses Walkie-Talkie habt ihr für die nächsten 35 Minuten eine direkte Verbindung zu uns. Zuerst waren es sechzig Minuten, aber Otto zog es vor zu flüchten. Ich fürchte, ihr müsst euch nun schneller entscheiden, uns das Versteck der Pillen zu verraten, bevor die Lawine euch alle plattmacht.«

»Hier, mein Junge.« Der bärtige Kerl klemmte das Walkie-Talkie zwischen das Paketband und Ottos Oberkörper. »Dir verkleben wir nicht den Mund. Deshalb hast du die Ehre, über das Schicksal deiner Familie zu entscheiden.«

In diesem Moment ertönte ein lautes, rotierendes Geräusch direkt über dem Haus. Gleißende Lichtstrahlen erhellten die Dunkelheit vor den Fenstern. Halluzinierte Otto jetzt etwa oder versuchte da ein Hubschrauber, auf dem Berg zu landen?

»Oh, unser Taxi ist da!«, lachte der Kerl mit der Brille

und guckte aus dem Eckfenster. Dann schnappte er sich seine Jacke und schlüpfte hinein. »Es bleibt mir nichts weiter zu sagen, als euch wundervolle letzte 35 Minuten eures Lebens zu wünschen. Oh, es sind nur noch 33 Minuten. Die Zeit vergeht wie im Flug, wenn man Spaß hat, nicht wahr?«

»Ihr elenden Mistkerle«, knurrte Otto. »Wenn die Lawine uns verschüttet, werdet ihr Doktor Seymores Pillen niemals in die Finger bekommen! Und eure blöde Firma wird in den Zeitungen stehen, weil ihr das Leben von fünf unschuldigen Urlaubern auf dem Gewissen habt!«

Die Brillenschlange lachte und bleckte wieder die perfekten Zähne. »Long Life Pharma hat nichts damit zu tun. Eine verheerende Lawine könnte sich jederzeit lösen, nicht wahr?«

Der Bärtige nickte. »In den Bergen kommt es leider immer wieder zu schrecklichen Unglücken … Und jetzt genug der vielen Worte. Wir müssen los! Ich hoffe, ihr trefft die richtige Entscheidung«, verabschiedete er sich und schlug die Hüttentür zu.

Das Rotorengeräusch des Hubschraubers entfernte sich kurz darauf und Otto blieb ratlos zurück.

* * *

»Okay, Leute, kein Grund zur Verzweiflung.« Auch wenn Tante Sharon, Archibald, Emily und Madame Olga nicht mit ihm sprechen konnten, er konnte mit *ihnen* sprechen. Und er würde nicht zulassen, dass sie sich zu Tode ängstigten. »Harold anzurufen, hat leider nicht geklappt, der Empfang ist echt mies hier. Aber es gibt einen Plan B. Nachdem mich die Brillenschlange vorhin bei der Gondelstation geschnappt hatte, hat mir Vincent noch ins Ohr flüstern können, dass er sich auf den Weg ins Tal mache, um Hilfe zu holen. Wir müssen nur geduldig abwarten, bis jemand kommt und uns befreit.«

Onkel Archibald gab ein Brummen von sich und warf einen Blick auf die alte Uhr, die über dem Kamin hing. Jetzt waren es nur noch 24 Minuten, bis die Lawine vom Gipfel ins Tal sausen würde. Vermutete Onkel Archibald, dass diese Zeit für Vincent nicht reichte, um Hilfe zu holen? Und wie würden Emilys Eltern im Tal auf eine sprechende Fledermaus reagieren? Wer weiß, vielleicht würden sie Vincent als schlimme Halluzination abtun. Vom Glühwein. Oder diesen starken Schnäpsen, die in Österreich jeder trank.

»Ich weiß, Onkel Archibald, die Zeit läuft uns davon. Meinst du, wir sollten den Pharmaleuten Doktor Seymores Pillen geben? Obwohl das ziemlich unklug wäre? Stell dir das nur mal vor, Onkel Archibald: Long Life Pharma verkauft Pillen, mit denen man tausend Jahre alt werden kann. Zum Wucherpreis.« Otto seufzte. »Ich weiß nicht, ob die Welt bereit dafür wäre.«

Onkel Archibald ließ den Kopf hängen, während die Zeit unaufhaltsam voranschritt. Wenn Otto es nur schaffen würde, trotz der Fesseln in die Potasche seiner Pyjamahose zu greifen, wo Emilys Handy steckte. Vorhin am Berg hatte er zwar keinen Empfang gehabt, aber vielleicht war die Verbindung jetzt besser? Andererseits war das ein äußerst dünner Strohhalm, an den man sich besser nicht klammern sollte, wenn mehrere Leben davon abhingen.

Zwanzig Minuten. Otto spähte aus dem Fenster. Draußen war es immer noch stockdunkel. Es würde noch einige Stunden dauern, bis der Tag anbrach. Ob Vincents Rettungstrupp auf den Sonnenaufgang warten würde?

»Keine Sorge, Leute. Vincent wird uns retten«, versprach Otto, als nur noch fünfzehn Minuten der Frist übrig waren. Madame Olga war inzwischen in Tränen ausgebrochen und Otto brach es beinahe das Herz, sie so verzweifelt sehen. Und alles nur wegen dieses elenden Dr Seymore und seines blöden Elixiers. Otto begann, den Kerl dafür zu hassen, dass er ihn und seine Familie in Schwierigkeiten gebracht hatte.

Als zehn Minuten vor Ablauf der Lawinen-Frist immer noch nichts von Vincent oder Emilys Eltern zu sehen war, begann auch Otto zu zweifeln. »Leute, was meint ihr?«, fragte er in die Runde. »Können wir es verantworten, doch das Versteck der Pillen zu verraten?«

»Wunderbare Idee«, dröhnte es aus dem Walkie-Talkie. Es war die Stimme des bärtigen Mannes, wie es aussah, hatten ihre Kidnapper die ganze Zeit über zugehört. »Wir sind ganz Ohr, mein Junge.«

»Okay.« Otto seufzte und holte tief Luft. Egal, was Onkel Archibald darüber dachte, er würde den Kerlen verraten, wo er die Pillen versteckt hatte. Das Zeug war es nicht wert, dass seine Familie in Gefahr geriet. »Die Pillen sind nicht weit weg. Genauer gesagt habe ich sie –«

In diesem Moment flog die Tür auf und ein kräftiger Windstoß wehte in die Hütte. Vor der Tür stand nicht nur Scary Harry, sondern auch Rocko, auf dessen Schulter Vincent hockte. In seinem Fell hingen einige Eiszapfen.

Tante Sharon gab einen erleichterten Seufzer von sich.

»Was ist denn jetzt, Junge? Rück schon raus mit der Sprache. Acht Minuten und dreißig Sekunden«, dröhnte es aus dem Walkie-Talkie.

»Scary Harry, *over and out.*« Harold schnappte sich das Gerät und pfefferte es in die Ecke, wo es scheppernd in zwei Teile zerbrach. Dann eilte er zu Otto und riss das Klebeband mit seinen Zähnen entzwei. »Kommt, Leute, wir hauen ab. Und zwar pronto.«

»Wie hast du in der Dunkelheit zu uns gefunden, Harold?«, fragte Tante Sharon, nachdem Rocko ihr das Klebeband von den Lippen gezogen hatte.

»Das solltet ihr wohl lieber mich fragen«, mischte sich Vincent ein. »Als die Brillenschlange Otto zu euch zurückgeschleppt hat, bin ich auf eine Tanne geflattert, um mir den besten Blick zu verschaffen und die schnellste Flugroute ins Tal auszumachen. Und jetzt ratet mal, was sich da oben auf dem Ast befand?«

»Ein Adler, der dich fressen wollte?«, riet Otto.

»Fast. Ein Adlerhorst. Und nicht nur das. Als ich näher herangeflattert bin, sog mich das Nest plötzlich ein und ich landete kopfüber im Jenseits-Wäldchen.«

»Könnt ihr euch das vorstellen, Freunde? Ein superstarkes Jenseitsportal, versteckt in einem Vogelnest«, ergänzte Harold und grinste. »So was gibt's auch nur in Österreich.«

»Jedenfalls habe ich dort das Knochengerippe alarmiert, wir sind sofort hierhergereist und haben zwischendurch auch noch Rocko eingesammelt.

Er hat auf dem Weg ins Tal mit dem Schlitten ein paar heftige Stürze hingelegt und ist bereitwillig mitgekommen.«

Rocko schüttelte den Kopf. »Quatsch! Ich kann ausgezeichnet Schlitten fahren. Ich bin nur mitgekommen, weil du um die Hilfe deines neuen besten Kumpels gebeten hast, Harold!«, grinste Rocko. »Und natürlich wegen meiner lieben Olga.«

Otto rollte mit den Augen. Rocko war vielleicht ein Spinner. Vor weniger als einer Stunde hatte er nichts lieber gewollt, als den nächsten Flieger in die Karibik zu nehmen. Zum Glück hatte ihn Harold doch dazu gebracht, das Richtige zu tun.

»Ich will ja nicht stressen, aber wir haben noch genau vier Minuten, bis uns eine Lawine begräbt, Leute«, gab Emily zu bedenken. »Wie um alles in der Welt sollen wir rechtzeitig von diesem Berg verschwinden?«

»Die Schneekugel«, fiel Onkel Archibald ein. »Mithilfe des Trichters können wir das Portal so ausweiten, dass wir alle durchpassen. Schnell, Otto, lauf in dein Zimmer und hol die Kugel.«

Otto nickte, sauste zu seinem Koffer und machte noch einen kurzen Stopp im Badezimmer, um den Kulturbeutel mitzunehmen, in dem Tante Sharon die Grippemedikamente aufbewahrte. Unten angekommen, standen Emily, Tante Sharon, Olga und Onkel Archibald schon bereit.

»Zu blöd, dass ich nicht etwas Jenseits-Sonnencreme eingepackt habe«, ärgerte sich Tante Sharon. »Was ist, wenn uns im Jenseits jemand entdeckt?« Sie warf einen Blick auf Rockos grellen Ski-Anzug. »So bunt, wie wir sind, fallen wir sofort auf.«

»Niemand wird uns entdecken«, versicherte ihr Otto. Mit zittrigen Händen drehte er die Rädchen der Schneekugel, um die Zieldestination einzustellen. Drei Minuten bis zum Abgang der Lawine, er durfte sich keinen Fehler erlauben. »Weil wir nämlich nach Qualcatraz reisen werden.«

Onkel Archibald riss die Augen auf. »Wir können mit der Schneekugel nicht nach Qualcatraz reisen.«

»Aber in den Raum 006«, gab Otto zurück und steckte Onkel Archibalds Jenseits-Expander an die Kugel. Ein dicker orangefarbener Lichtstrahl flutete den Raum. »Und von dort aus reisen wir weiter. Das muss einfach klappen! Und jetzt kommt alle ganz nah zu mir und gebt mir die Hand, sonst kann uns das Portal nicht fassen.«

Und dann spürte Otto es zum ersten Mal. Das Kitzeln des orangefarbenen Lichtstrahls, von dem Vincent berichtet hatte. Teil eins von Ottos Plan schien schon mal bestens zu funktionieren.

Der Gefangenentransporter

Als Otto die Augen aufschlug, war alles um ihn herum dunkel. Vorsichtig rappelte er sich auf, tastete sich bis zu einer Wand vor und suchte dort nach einem Lichtschalter. Dabei berührte seine Hand etwas Metallenes und er schlug sich das Knie an einem Stuhl an, bis er schließlich einen Schalter zu fassen bekam. Neonröhren flackerten und erhellten den Raum und jetzt konnte Otto endlich Tante Sharon, Emily und die anderen sehen, die auf dem steinernen Fußboden lagen und langsam wieder zu sich kamen. Offenbar war dieser Jenseits-Trip auch für sie ziemlich ungemütlich gewesen.

»Also, nächstes Mal verwende ich wieder meine gute alte App auf dem Handy, um ins Jenseits zu reisen«, erklärte Harold missmutig und rieb sich den Nacken. »Diese Reisefunktion der Schneekugel ist vielleicht ganz praktisch, aber mir viel zu holprig. Außerdem hat mich das Licht am Schädel gekitzelt.«

Vincent war auf einem hölzernen Schreibtisch gelandet und richtete sich auf. »Pfff … Ihr hattet aber keine Skrupel, mich als Versuchsobjekt zu verwenden.« Er sah sich um. »Wo sind wir hier eigentlich? Sieht aus wie eine Mischung aus Doktor Frankensteins Labor und einem mittelalterlichen Kerker.«

Otto half Tante Sharon auf und ließ seinen Blick durch den Raum wandern. Auf den Schreibtischen standen mehrere Gefäße, gefüllt mit grauer dampfender Flüssigkeit. Daneben befanden sich metallische Werkzeuge, die aussahen, als gehörten sie in eine Zahnarztpraxis. Ganz hinten im Eck entdeckte Otto schließlich drei leer stehende Käfige, die sicher groß genug waren, um Menschen gefangen zu halten.

»Dieser Raum sieht aus, als entstamme er einem meiner Albträume«, wisperte Onkel Archibald und strich mit dem Zeigefinger über die nasskalten Wände. An manchen Stellen waren Botschaften eingeritzt worden, womöglich von Gefangenen. »Lasst uns schnellstmöglich von hier verschwinden, bevor jemand vom SBI auftaucht.«

Tante Sharon rüttelte am Knauf der einzigen Tür, die aus dem Raum führte. »Und wie? Wir sind hier drin eingeschlossen!«

»Nicht durch die Tür, Tante Sharon!« Otto deutete auf ein großes Gerät, das aussah wie ein Röntgenapparat. »Schau nur.«

Emily trat näher und las laut, was auf dem Blechschild stand, das an dem Gerät angebracht war:

Qualcatraz-Portal
Der Gefangenentransporter 5000

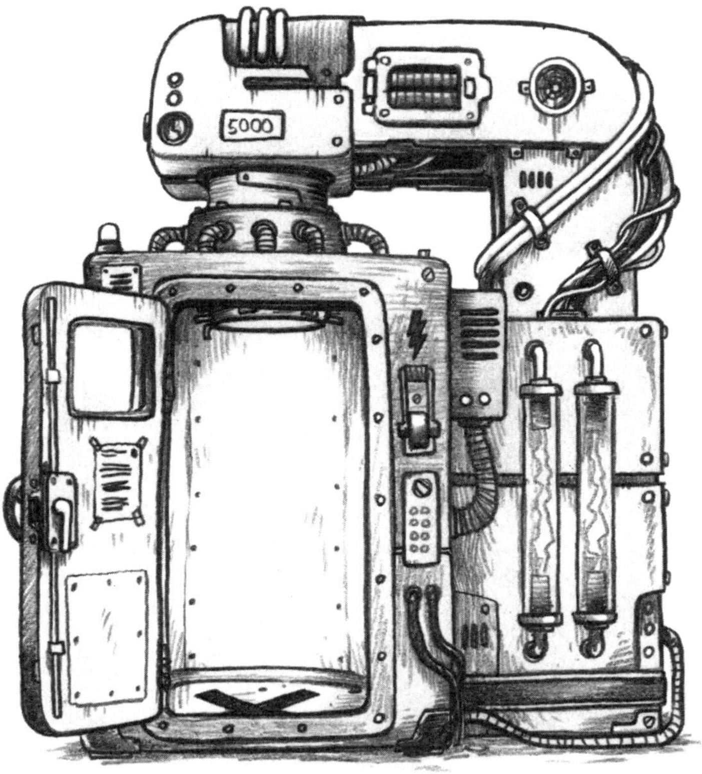

Otto drückte auf einen großen grünen Kopf, auf dem *On* stand. Mit lautem Surren und Brummen leuchteten an der Apparatur graue Lichter auf. Sogar etwas Dampf trat aus einem der Rohre.

»Einen schönen guten Tag«, sprach eine weibliche, mechanische Stimme aus dem Gerät. »Mein Name ist Qunitia und ich bin die automatische Stimme des Gefangenentransporters 5000.«

»Das Qualcatraz-Portal kann sprechen?!«, wunderte sich Harold.

»Herzlichen Glückwunsch«, sprach das Gerät weiter. »Sie wurden auserkoren, den Rest Ihres Daseins hinter schwedischen Gardinen zu verbringen. Ich bin für Ihr Wohlergehen und Ihre Sicherheit zuständig und sorge dafür, dass Ihre letzte Reise ein echtes Erlebnis wird!«

Emily zog voller Ironie die Augenbrauen hoch. »Klingt ja vielversprechend. Warum soll man als Gefangener nicht auch ein bisschen Spaß haben?«

»Bitte treten Sie einzeln oder, falls Sie Ihre Verbrechen als Bande begangen haben sollten, zusammen auf das große schwarze X, welches Sie am Boden sehen, und halten Sie Ihre Arme möglichst nah am Körper. Wenn Sie Handschellen, Fesseln oder kleine Foltergeräte am Körper tragen, stellen diese kein Problem dar. Bei sperrigen Foltergeräten lassen Sie sich bitte von unserem freundlichen Sicherheitspersonal helfen.«

»Irgendwie habe ich plötzlich Angst«, sagte Emily.

»Das Sicherheitspersonal wird nun die Bedienung des Gefangenentransporters 5000 übernehmen, Ihre Reise wird also schon in wenigen Augenblicken beginnen«, sprach das Gerät weiter.

»Wartet mal.« Otto biss sich auf die Lippe. »Wir können nicht alle nach Qualcatraz reisen. Einer von uns muss hierbleiben, um das Portal zu bedienen. Und die anderen wieder zurückholen.«

»Ich mach das«, erklärte Harold sofort. »Wenn jemand vom SBI den Raum betritt, kann ich immer noch behaupten, ich hätte mich ganz einfach hierher verirrt, auf der Suche nach … der Kantine.«

Otto schluckte. Harold wollte hierbleiben? Und den Rest der Truppe ganz alleine nach Quacatraz schicken? Otto war sich nicht sicher, ob das eine so gute Idee war. Ganz ohne seinen knochigen Kumpel in ein Jenseits-Gefängnis?

»Wenn Harold bleibt, dann bleibe ich auch«, erklärte Rocko und legte seinen Arm um Harolds knochige Schulter. »Ich lasse meinen neuen Kumpel nicht einfach alleine.«

Harold fegte Rockos Arm von seiner Schulter. »Hey! Ich sagte: Kumpels! Und nicht beste Freunde für immer und ewig. Halt mal ein bisschen Abstand, Knalltüte.«

»Wenn Rocko bleibt, dann bleib ich auch«, erklärte

jetzt noch Madame Olga und stemmte die Beine in den Boden.

»Ähm, Leute. Wir sollten einen Zahn zulegen«, erklärte Emily, die sich ein kleines Notizbuch vom Schreibtisch geschnappt hatte und darin blätterte. »Aus dem Plan hier geht hervor, dass die nächste Kontrolle der Zellen in Qualcatraz schon in zehn Minuten ansteht. Bis dahin sollte Harold uns besser zurückgebeamt haben. Nicht wahr?«

Harold ließ seinen knochigen Finger über die vielen Knöpfe des Gefangenentransporters kreisen. »Zurückbeamen? Äh, ja klar. Das geht dann mit dem Knopf, auf dem *Emergency* steht? Oder vielleicht *Destroy*?«

»Mit *Emergency* ist ein Notfall gemeint. Und *Destroy* wird die Maschine wohl eher zerstören.« Emily eilte an Harolds Seite. »Vielleicht ist es besser, ich bleibe auch hier und helfe einem Sensenmann von gestern mit der Technik von heute.«

»Dann los.« Harold begab sich hinter das Qualcatraz-Portal.

Wie vom Gerät empfohlen, stellten sich Otto, Vincent, Tante Sharon und Onkel Archibald auf das große X am Boden. Hier mussten auch seine Eltern gestanden haben, als sie nach Qualcatraz geschickt worden waren. Wie viele andere Menschen und Jenseitsbewohner zuvor. Manche von ihnen sicher Verbrecher, andere aber

unschuldig. Es war schon ein komisches Gefühl, nun freiwillig dort hinzureisen.

»Transportfunktion aktiviert«, säuselte die Computerstimme jetzt. Ein dichter grauer Lichtstrahl fing Otto ein. »Bitte stellen Sie vor der Reise noch sicher, dass alle technischen Geräte abgeschaltet sind oder sich im Flugmodus befinden. Und jetzt genießen Sie Ihren Aufenthalt in einem der grausamsten Gefängnisse der Jenseits-Welt!«

* * *

Eins stand fest: Diese Reise war die unangenehmste von allen. Der Gefangenentransporter hatte Otto mit einer Wucht nach Qualcatraz geschleudert, die nichts für schwache Nerven war. Nachdem das graue Licht ihn umfangen hatte, spürte er als Nächstes die harten Stangen einer Gitterwand, gegen die er prallte, um danach auf einem nasskalten Boden zu landen.

»Otto!« Von weit her hörte er die Stimme seiner Mutter. »Otto, geht es dir gut?«

»Otto.« Das war Tante Sharons Stimme. »Komm schon, Otto, sag irgendwas.«

»Geh zur Seite, Sharon.« Otto spürte Onkel Archibalds Hand an seinem Hals. »Puls und Atmung sind zum Glück normal. Er hat sich nur den Kopf an der Stange angeschlagen.«

Schließlich blinzelte Otto und das Gesicht seiner Mutter nahm vor seinen Augen Gestalt an. Für einen Moment fragte er sich, ob das ein Traum war, aber je wacher Otto wurde, desto sicherer war er: Das war Mum. Sie befand sich zwar hinter Gitterstäben, doch sie konnte ihre rechte Hand hindurchstecken und Otto über den Haarschopf streichen.

»Mum!« Otto war plötzlich hellwach. »Wo sind wir?«

»Schscht. Nicht so laut«, wisperte Ottos Mutter. »Ihr seid in Qualcatraz. Das Portal hat euch zum Glück in die leer stehende Gefängniszelle neben uns katapultiert. Aber ihr müsst leise sein. In ein paar Minuten kommen die Wachen zur nächsten Kontrolle vorbei.«

Otto lächelte sie an. Seine Mum sah immer noch genauso aus wie damals, bevor sie nach Mexiko gereist und von dort nicht mehr zurückgekehrt war. Wenn sie wirklich nach Mexiko gereist war. Gut möglich, dass seine Eltern ihn damals belogen hatten. Es schien ganz so, als hätte Otto immer nur die halbe Wahrheit erfahren, trotzdem war jetzt nicht die Zeit, um ihnen Vorhaltungen zu machen und immerhin war er damals ja auch noch um einiges jünger gewesen.

»Otto, hast du die Medizin für deinen Vater dabei?«, wollte sie wissen und deutete ins andere Eck der Zelle. Dort, auf einer schmalen, harten Pritsche, lag sein Vater und schlief.

»Natürlich!« Er kramte in seiner Hosentasche und holte Tante Sharons Grippetabletten hervor.

Onkel Archibald warf einen Blick auf die Schachtel. »Das sind Antibiotika, die sollten helfen. Gib ihm eine pro Tag und sorg dafür, dass er reichlich Wasser trinkt.«

»Mum, keine Sorge, Dad wird im Nullkommanichts wieder fit, sobald wir ihn in ein Londoner Krankenhaus bringen«, beruhigte Otto sie und warf einen schnellen Blick auf die Armbanduhr. »Mist, etwas mehr als eine Minute noch, bis uns Harold in Raum 006 zurückholt. Mum, wenn ihr ganz nah an mich heranrückt, können wir euch vielleicht mitnehmen.«

»Mitnehmen?« Seine Mutter runzelte die Stirn.

»Ja, mitnehmen.« Otto griff mit beiden Händen um die feuchten Gitterstangen, die ihn und seine Mutter trennten. »Ich sagte doch, ich würde euch aus dem Gefängnis befreien. Weißt du nicht mehr?«

Unschlüssig blickte sie von Ottos Vater zu Otto und wieder zurück. »Wir können nicht einfach von hier verschwinden.«

»Aber warum nicht?« Ottos Stimme zitterte. »Dad muss nur einen Moment lang aufstehen und an deine Seite kommen und dann –«

»Und dann?« In den Augen von Ottos Mum glitzerten Tränen. »Dann weiß das SBI, dass wir geflohen sind. Sie werden nach uns suchen, Otto. So lange, bis sie uns gefunden haben. Und dann werden sie kurzen Prozess mit uns machen.«

Tante Sharon schluckte. »Du meinst –«

Seine Mutter nickte ernst. »Dann haben wir keine Chance mehr, unsere Unschuld zu beweisen. Es ist viel zu riskant.«

Otto konnte nicht glauben, was er da hörte. Zu riskant? Seine Eltern wollten allen Ernstes *hierbleiben*? In diesem gottverlassenen, modrigen, feuchten Kerker?

»Aber –«, wandte Otto ein.

»Kein Aber!« Ottos Mutter drückte ihm durch die Gitterstangen einen Kuss auf die Wange. »Mit den Tabletten bekomme ich deinen Dad erst mal wieder auf die Beine. Und dann lassen wir uns etwas einfallen, versprochen.«

Es begann. In diesem Augenblick spürte Otto, wie ihn der Sog des Qualcatraz-Transporters umfing, um ihn zurück in den Raum 006 zu befördern, obwohl dieses Mal kein Lichtstrahl zu sehen war.

»Los, alle an meine Seite.« Er warf einen letzten Blick zurück zu seiner Mum. Sie zurückzulassen, brach ihm das Herz. »Wir reisen wieder ins Jenseits.«

»Bis wir einen Weg gefunden haben, könnt ihr uns besuchen, Otto!«, fügte seine Mutter rasch hinzu. »In Raum 006 befindet sich ein schwarzes Notizbuch, in dem die Kontrollgänge der Wärter eingetragen sind. Wenn

ihr wisst, wann die Luft rein sein wird, könnt ihr vorbeikommen. Die Zelle neben uns ist frei!«

Otto nickte rasch. »Machen wir. Das Notizbuch hat Emily schon entdeckt.«

»Emily?« Seine Mutter hob die Augenbrauen. »Ist das etwa deine Freundin?«

»Meine beste Freundin«, korrigierte Otto.

»Ach so.« Seine Mutter lächelte hintergründig. »Richte Emily viele Grüße aus. Ich kann es kaum erwarten, sie kennenzulernen.«

Das war das Letzte, was Otto hörte. Der Qualcatraz-Transporter war kurz davor, Otto, Vincent, Tante Sharon und Onkel Archibald zurückzuschleudern.

Ohne seine Eltern.

Hubertus' neues Domizil

Der Januar im Radieschenweg war ziemlich trostlos. Der Schnee war geschmolzen, die Weihnachtsbeleuchtung längst abmontiert und die Tage waren immer noch viel zu kurz.

Zusätzlich quälte Otto seine schlechte Laune, weil er ständig daran denken musste, dass sich seine Mutter geweigert hatte, ihn ins Diesseits zu begleiten. Und weil Albert wieder mal zu Besuch war. Seit er bei ihnen zum ersten Mal einen Geist gesehen hatte, kam er fast täglich vorbei, um Onkel Archibald bei seinen Forschungen zu helfen. Seinem Onkel blieb keine Wahl, denn Albert drohte stets damit, dem Fernsehen von dem Spukhaus im Radieschenweg zu erzählen, falls er ihn fortschicken würde. Albert war wirklich ein kleiner Satansbraten.

Doch ab und an hatte Otto auch gute Laune – dank

Landgraf Hubertus von Ochsenreuth. Nachdem Otto und die anderen von Raum 006 zurück ins Diesseits nach Österreich gereist waren, hatten sie bis zum Rückflug eine kleine Pension im Tal gemietet. Und dort war natürlich auch der Ski fahrende Geist Hubertus nicht weit gewesen. Weil ihm nach der unglaublichen Eröffnung seines Todes der Sinn nach Urlaub stand, war er in Ottos Koffer heimlich mit nach England gereist.

Es war ein typischer Samstag, an dem Tante Sharon putzte und Albert und Archibald im Wohnzimmer über die Hausgeister sprachen. Hubertus hatte sich gerade in Richtung des nahe gelegenen Spukschlosses verabschiedet, um dort neue Bekanntschaften zu schließen, als es an der Haustür klingelte.

»Hallo, Otto.« Vor der Tür stand Emily. »Sorry, dass ich einfach auftauche, ohne vorher anzurufen. Aber ich kann nicht aufhören, an die verschütteten Pillen von

Doktor Seymore zu denken. Denkst du, die Bergrettung hat das Döschen gefunden?«

»Nein. Ich glaube, das Elixier ist bis in alle Ewigkeit unter den Trümmern der Hütte begraben. Harold sagt, Doktor Seymore sei untröstlich. Aber vielleicht ist es besser so. Wenn die Pillen für die Pharmaindustrie tatsächlich so wertvoll sind und vermutlich sogar eine Geisteskrankheit zur Folge haben, ist es besser, sie bleiben verschollen.«

»Stimmt. Ist wohl besser, niemand bekommt das Zeug jemals in die Finger«, gab Emily ihm recht.

»Hör mal, Emily«, begann Otto und zog sie zur Seite. »Tante Sharon macht heute Putztag und Archie und Albert sitzen im Wohnzimmer und quatschen schon seit Stunden, wollen wir vielleicht zu dir gehen?«

»Albert ist da? Schon wieder?« Emily machte ein paar Schritte ins Wohnzimmer, wo Albert mit der Geisterbrille auf der Nase auf dem Sofa saß und sich gerade mit Bert unterhielt. Nach Berts Gesichtsausdruck zu urteilen, würde er am liebsten auf der Stelle einschlafen.

»Emily!« Als Albert Emily sah, nahm er die Geisterbrille ab. »Was machst du denn hier?«

»Du … trägst die … die Geisterbrille?«, stotterte sie und wirkte verdutzt. »Soll das heißen, Archibald hat dir von den Hausgeistern erzählt?«

»Nicht erzählt. Ich habe es selbst herausgefunden«,

erklärte Albert stolz. »Und jetzt *muss* Archibald einfach mit mir forschen, nicht wahr?« Er verpasste Onkel Archibald einen freundschaftlichen Klaps auf den Rücken. »Gar nicht so schlecht, einen Forschungsassistenten zu haben, oder? Immerhin besser, als wenn das Spukhaus hier von der ganzen Stadt belagert wird.«

»Warte mal.« Emily schüttelte den Kopf, während sie versuchte, aus Alberts Worten schlau zu werden. »Du hast Archibald damit gedroht, allen zu erzählen, dass es im Radieschenweg spukt? Nur deshalb bist du hier?«

Albert zwinkerte ihr zu. »War schon ein ziemlich genialer Schachzug von mir!« Dann legte er seinen Arm um Onkel Archibald und fügte großmütig hinzu: »Aber jetzt sind Sie doch ganz froh, dass Sie mich haben, nicht wahr?«

»Froh?« Onkel Archibald wandte sich ab. »Müsste ich dir nicht alles doppelt erklären, könnte ich mit meinen Untersuchungen viel schneller vorankommen. Ich wäre schon längst Nobelpreisträger!«

»Ich kann nicht glauben, was ich da höre.« Emily drehte Albert den Rücken zu. »Und du bist wirklich stolz drauf, den armen Archibald so unter Druck zu setzen?«

Spätestens jetzt wurde Albert klar, dass er mächtig in der Tinte saß. »Aber Mausepfötchen –«

»Es hat sich *ausgemausepfötchent*!« Emily packte Albert

am Handgelenk und zog ihn in Richtung Eingangstür. »Wir beide werden uns jetzt mal ein Weilchen unterhalten! Alleine!«

Alberts Kopf leuchtete so rot wie eine Tomate, als Emily ihn schließlich über die Türschwelle nach draußen zog. Die beiden waren gerade durch die Tür verschwunden, da tauchten auch schon die nächsten Spontanbesucher auf. Madame Olga und Rocko nahmen soeben die Treppen bis zur Eingangstür und blickten Emily und Albert verdutzt hinterher.

»Huch!«, machte Rocko und hob die Augenbrauen. »Ärger im Paradies? Sollen wir vielleicht später wiederkommen?«

»Quatsch!« Otto musste schmunzeln. »Im Wohnzimmer sind gerade zwei Plätze frei geworden.«

»Nicht notwendig«, winkte Madame Olga ab. »Wir kommen nur kurz vorbei, um euch Lebewohl zu sagen. Zumindest fürs Erste.«

»Buuuuhuuuuhuuuu!« Hinter Rockos Rücken war Fernando aufgetaucht. Madame Olgas spanischer Hausgeist trug nicht nur seine übliche Stierkämpfer-Uniform, sondern auch einen Koffer in der Hand. Mit einem roten Taschentuch trocknete er sich die Tränen. »Buhuhu! *Es un desastre!* Ich werde den Radieschenweg vermissen!«

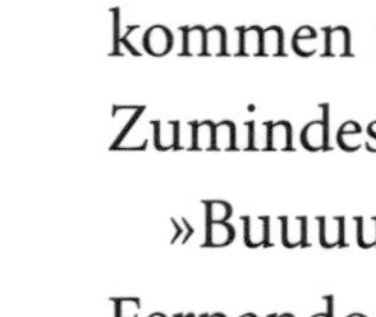

»Ach, Fernando«, munterte ihn Rocko auf.

»Es ist ja nur vorübergehend. Außerdem begleitest du uns doch in meine Heimat, die Karibik. Da ist Mexiko gleich um die Ecke.« Er zwinkerte dem Hausgeist zu. »Wir könnten am Set deiner Lieblingstelenovela vorbeischauen.«

Binnen Sekunden erhellte ein Strahlen Fernandos Gesicht. »Meinst du das wirklich ernst?« Er strich sich eine Haarsträhne aus der Stirn und rückte seinen Torero-Hut zurecht. »Vielleicht … werde ich entdeckt! *Fantástico!* Ich werde ein mexikanischer Star!«

»Ihr geht wirklich weg?«, wunderte sich Otto.

Madame Olga nickte ernst. »Wir müssen, Otto. Zumindest tauchen wir so lange unter, bis Rocko nicht mehr verfolgt wird. Und bis dahin haben wir unser Haus untervermietet.«

»Und zwar an mich!« Hubertus von Ochsenreuth steckte seinen Kopf durch die Tür. »Is' des net der reinste Wahnsinn? A eigene Bude, hier in England! Nur für mi! Jetzt kann ich so lang hierbleib'n, wie ich will!«

»Warte mal. Du … du ziehst echt in Mr Olsens altes Haus?«, wunderte sich Otto.

»Jo klar, Bub! Und ich schau täglich bei dir vorbei, Hand drauf! Darüber wirst noch froh sein, ich hab ja schließlich was im Köpfchen. Schon vergessen, wie ich dir bei der Sache mit der Geheimschrift g'holfen hab?« Hubertus deutete auf seine Stirn. »Wo das herkam, stecken no' mehr gute Ideen! Und irgendwas sagt mir, dass du a bisserl Hilfe gut gebrauchen kannst!«

Zum ersten Mal seit Langem spannte sich ein breites Grinsen über Ottos Gesicht. Das bedeutete also einen fernsehsüchtigen Torero weniger, dafür einen vorlauten Skifahrer-Geist mehr im Radieschenweg. Noch dazu einen, der Köpfchen hatte. Wer wusste, wofür Hubertus sich noch als nützlich erweisen konnte. Um dem SBI-Boss gegenüberzutreten und die Unschuld seiner Eltern zu beweisen, brauchte Otto ohnehin so viele kluge Köpfe wie nur möglich.

Egal, ob sie Mensch, Geist oder Sensenmann gehörten.

Sonja Kaiblinger wurde 1985 in Krems geboren und wuchs in einem fast hundert Jahre alten Spukhaus auf. Jedenfalls ist sie bis heute davon überzeugt, dass dort Geister ihr Unwesen treiben – anders kann sie sich die vielen merkwürdigen Ideen nicht erklären, die sie jedes Mal hat, wenn sie sich dort aufhält.
Neben dem Schreiben reitet sie gerne und sammelt leere Gurkengläser, um sie zu Wucherpreisen an Sensenmänner wie Harold zu verkaufen.

Fréderic Bertrand wurde 1981 in Minden geboren und kurz darauf von allen guten Geistern verlassen. Er spukt nun schon seit einigen Jahren durch Berlin, wo er in seiner schaurigen Atelier-Höhle zu kreischenden Orgelklängen an grauenerregenden Bildern herumkritzelt. Neben dem Zeichnen tüftelt und schraubt er gern nächtelang an rostigen Gefährten, mit denen er dann rumpelnd und qualmend auf der Jagd nach Monstern durchs nächtliche Umland kutschiert.